I0550305

Peter Bergmann

Der Berufserbe

Chefinspektor Falks Sündenfall

Impressum
Der Berufserbe – Chefinspektor Falks Sündenfall

Fall Nr. 1 der Reihe „Kärntner Mordsbullen"

Kriminalroman
Autor: Peter Bergmann
Kontakt: pbergmann@aon.at

ISBN: 978-3-9503800-0-2

www.peter-bergmann.at

Für Waltraud

Weitere Bergmann-Krimis

Kärntner Mordsbullen 2-4
Der gelbe Gladiator – Chefinspektor Falks Fingerfall
Die Melodie der Walnuss – Chefinspektor Falks Hexenfall
Club der Harlekine – Chefinspektor Fuchs in Wien

Das Möbiusband – Chiara Fontana – Fantasy-Thriller
Dicke Liebe – Irrwitzige Kriminalstories
Tore des Bösen – Kärnten-Thriller

Privatdetektiv Jingle Bell 1-2:
Die Leiche ist halb durch – Krimiparodie
Das Massengrab hat Hunger – Krimiparodie

1__

Eine Collage aus Zeitungsschnipseln schwebte einige
Sekundenbruchteile in der Luft, ehe sie auf die offene Akte
sank, die Falk gerade bearbeitete.
„Schau dir das an."
Er hob den Blick und wunderte sich nicht zum ersten Mal,
was Chefinspektor Lacher bei den Bullen verloren hatte.
Hellblondes, zu langes Haar, gebräunte Haut, leuchtend blaue
Augen, von unzähligen Lachfältchen gesäumt – er hätte
prächtig als Skilehrer in eines der ehemaligen Tiroler
Kuhdörfer gepasst, wo sie jetzt die Touristen molken und sich
dabei goldene Nasen verdienten. Falk senkte den Blick auf die
Collage und musste sich erst in die verschiedenen
Schriftgrößen und -typen einlesen.

Frau Weinstein, die Hure, lässt es sich vom geilen Gino
besorgen, während sich ihr Mann im Keller den Hals bricht.
Glaubt ihr wirklich, dass das ein Unfall war? So dumm ist
nicht einmal die Polizei.

„Wer ist Frau Weinstein?"
„Vor zwei Wochen passierte ein Unfall in einer der Villen an
der Lend. Der Hausherr, Dr. Richard Weinstein, 63 Jahre,
stürzte über die Kellertreppe und war auf der Stelle tot –
Genickbruch. Seine Frau befand sich in der Mansarde. Die
Haushälterin hatte Besuch von ihrer Mutter. Sie saßen in der
Küche und tranken Kaffee. Weinstein ging an der offenen Tür
vorbei und grüßte, blieb aber nicht stehen. Er hatte die Hände
voll, ich weiß nicht, womit. Sekunden später hörten die
Frauen einen Schrei. Sie eilten zur Kellertreppe, die nur ein
paar Meter entfernt ist. Weinstein lag regungslos am Ende der
Treppe. Die Haushälterin griff sofort zum Handy und
alarmierte den Arzt. Dann ging sie die Stufen hinunter und
sah, dass jede Hilfe zu spät kam. Außer dem Toten und den
drei Frauen befand sich niemand im Haus."

7

„Wer sagt das?"

„Alle drei. Der Arzt traf ein, stellte offiziell den Tod fest und rief eine Funkstreife. Die Kollegen nahmen die Aussagen der Gattin sowie der Haushälterin und ihrer Mutter auf und machten ein paar Fotos. Einen Verdacht auf Fremdverschulden hatten sie nicht. Die Haushälterin arbeitet seit über 30 Jahren dort, ihre Mutter wird demnächst 83. Hier ist der Bericht."

Falk warf einen Blick auf die Fotos. Sie zeigten die Treppe und den Toten aus unterschiedlichen Blickwinkeln.

„Wo ist das Kuvert?"

Lacher reichte Falk eine Klarsichtfolie mit dem geöffneten Briefumschlag.

„Da hat er sich nicht so viel Mühe gemacht wie mit den Schnipseln. Einfach ein Etikett ausgedruckt."

Auf dem Etikett stand ‚Polizeidirektion Klagenfurt' und die Adresse.

„Die Hure und der geile Gino – muss wohl ihr Liebhaber sein, wenn's stimmt. Im Bericht taucht er nicht auf. Sie lässt es sich besorgen, während ihr Mann die Treppe runterfällt. Also können weder sie noch Gino ihn gestoßen haben. Aber Gino müsste im Haus gewesen sein. Woher weiß der Schreiber das alles?"

Falk blickte Lacher fragend an.

„Die Mutter der Haushälterin – unwahrscheinlich. Die Haushälterin selbst – möglich. Oder jemand aus der Nachbarschaft. Oder jemand, der Frau Weinstein nicht mag und eine blühende Fantasie hat."

„Eine ziemlich schmutzige."

„Warum sollte Schmutz nicht blühen?"

Falk ließ sich das kurz durch den Kopf gehen. Lacher neigte dazu, Fragen aufzuwerfen, die man nicht so ohne weiteres beantworten konnte. Doch jetzt musste er sich um einen anonymen Brief, einen Bericht und ein paar Fotos kümmern. Er bewahrte die Frage seines Stellvertreters im Gedächtnis, um sich später damit zu beschäftigen, holte eine große, runde

8

Lupe aus einem Fach seines Schreibtischs und begann, die Bilder eingehend zu prüfen. Lacher legte sein Gewicht auf die rechte Hinterbacke und diese auf ein Eck des Tisches und wartete. Als Falk die Lupe wegnahm, fragte er: „Was tun wir?"

„Wir haben einen neuen Hinweis zu einem Todesfall erhalten. Als brave Bullen kümmern wir uns darum. Wofür hältst du das?"

Falk reichte Lacher eines der Fotos und die Lupe und wies mit dem Zeigefinger auf eine der Stufen. Lacher musterte die Stelle.

„Ziemlich unscharf, könnte ein Tuch oder ein Stück Stoff sein, das da liegt. Es hat genau die Farbe der Fliesen."

„Auch davon ist im Bericht nichts zu finden."

„Weinstein hatte ja die Hände voll. Wahrscheinlich ist das Ding hinunter gefallen, als er stürzte."

„Durchaus möglich. Vielleicht ist es aber schon dort gelegen und hat ihn überhaupt erst zu Fall gebracht. Frag' die Kollegen von der Streife, ob sie sich an ein Tuch erinnern, immerhin haben sie es fotografiert. Falls ja, dann frag' sie, warum sie es in ihrem Bericht nicht erwähnt haben."

Lacher verließ den Raum. Falk lehnte sich in seinem Stuhl zurück und schloss die Augen. Weinstein – der Name kam ihm bekannt vor. Was, wie er selbst wusste, nicht viel zu sagen hatte, da es auf eine Menge Namen zutraf. Er verfügte über ein phänomenales Gedächtnis für Namen und ein phänomenales Gedächtnis für Gesichter, aber mit der Zuordnung haperte es, so dass seine beiden phänomenalen Gedächtnisleistungen unterm Strich keine phänomenalen Ergebnisse erzielten. Er dehnte diesen Gedanken auf andere Inselbegabungen aus, die für sich allein prächtig dastehen, aber mangels passender Schaltkreise und Verknüpfungen fast wirkungslos bleiben. Wie viele verhinderte Maler mochten schon die genialsten Bilder im Kopf gehabt haben, konnten sie aber wegen zweier linker Hände nicht auf die Leinwand bringen? Und so gab es wohl auch verhinderte Komponisten und Dichter und Schriftsteller, vielleicht aber auch verhinderte Politiker, Diktatoren und Massenmörder. Womit sich in bestimmter Hinsicht ein natürlicher Ausgleich der unverwirklichten Potentiale ergab. Darüber nickte er ein.

2___

Einer der weiblichen Inspektoren seines Teams weckte ihn mit einem Kaffee und versagte sich jede persönliche Bemerkung, wofür Falk dankbar war.

Der Kaffee duftete nach gar nichts außer einem Hauch von Spülmittel, die Inspektorin duftete nach Flieder. Sie hieß Schilling – ein Name, der fade Scherze und Bemerkungen anzog wie ein Magnet Eisenspäne. Sie hatten in ihrer ernsten, aufmerksamen Miene keine Spuren hinterlassen. Falk lächelte sie gerne an, weil ihr angeborener Ernst dann ebenfalls einem Lächeln wich, das ihr stilles, ovales Gesicht erstrahlen ließ.

„Sagt Ihnen der Name Weinstein etwas?"

„Der Unfall in der Villa? Es gab eine Notiz in der Zeitung. Scheint ein bekannter Wirtschaftsanwalt gewesen zu sein. Die Weinsteins bilden die Stammlinie einer ganzen Dynastie von Anwälten und Notaren."

Falk hatte die Notiz nicht gelesen, aber blitzartig fiel ihm ein, wer im Haus dazu Auskunft geben konnte. Ein denkwürdiger Tag. Er wählte die Nummer seines Vorgesetzten, der ihm zehn Minuten seiner kostbaren Zeit zusagte.

Oberst Prettner, Leiter des Landeskriminalamts, telefonierte, als Falk sein Büro betrat. Er telefonierte so viel, dass seine Leute beunruhigt aufmerkten, wenn sie ihm einmal ohne Handy am Ohr begegneten. Es gab jüngere Beamte, die schwuren Stein und Bein, dass ihnen das noch nie passiert sei. Prettner war ein begnadeter Netzwerker, ein Genie auf diesem Gebiet. Nachdem es unter den höheren Beamten eine große Mehrheit gibt, die auf gar keinem Gebiet Genialität vorweisen – außer vielleicht in Sturheit, Langeweile und Sitzvermögen – musste man mit Prettner als Vorgesetztem zufrieden sein. Sofern man nichts Unmögliches von ihm verlangte wie klare Entscheidungen oder Loyalität. Mit einer Geste forderte er Falk auf, Platz zu nehmen. Er war auch höflich genug, sein Telefonat nicht endlos auszudehnen.

11

„Der Freddy", sagte er zufrieden lächelnd, als er auflegte. „Hohes Tier im Ministerium. Die Chefin hört auf ihn." Falk ging davon aus, dass damit die Innenministerin gemeint war, die nach weit verbreiteter Überzeugung anstelle eines Herzens ein Stück Granit in ihrer Brust trug und ihre angeborene Bösartigkeit im Tonfall einer schartigen Blechschere unters Volk brachte. Allerdings hatten weder Granit noch Bösartigkeit noch Blechschere ihre Politkarriere gehemmt, woraus jeder seine Schlüsse ziehen mag. „Sagt Ihnen der Name Weinstein etwas?" „Der kürzlich verunfallt ist? Natürlich. Alte Klagenfurter Familie. Ich war auf dem Begräbnis." „Kannten Sie ihn näher?" „Nun, wie man sich halt kennt. Ehemals erfolgreicher Anwalt, gesellig, sportlich, junge Frau, beste Kontakte ... Gibt es da was wegen des Unfalls?" Oberst Prettners hellwache Instinkte sprangen an. Nur keine Skandale! Falk fasste den Bericht zusammen und zeigte ihm den anonymen Brief sowie das Foto mit dem im Bericht nicht erwähnten Stoffstück. Prettner verabscheute Komplikationen, doch auch ihm war klar, dass sie den Hinweis auf ein mögliches Verbrechen nicht ignorieren konnten. Wer wusste schon, an wen sich der Schreiber noch wenden mochte? „Was wollen Sie unternehmen?" „Ich dachte daran, einen der Inspektoren zu Frau Weinstein zu schicken." Sofort – und nicht unerwartet – unterbrach ihn sein Chef. „Das kommt gar nicht in Frage. Die Frau ist um vieles jünger als ihr Mann und gerade erst Witwe geworden. Da braucht es jemanden mit Erfahrung und Feingefühl. Fingerspitzengefühl, Diskretion. Das müssen Sie selbst machen." „Und die Raubüberfälle?" „Um die soll sich Lacher kümmern." Das Telefon läutete. Prettner hob ab und entließ Falk mit einem Wink. Der Anrufer zählte allerdings nicht zur höchsten Kategorie in seinem verschlungenen Beziehungsgeflecht,

12

denn der LKA-Leiter bedeckte die Muschel mit der Hand und gab dem Chefinspektor noch eine Mahnung mit.

„Seien Sie behutsam. Die Familie hat viel Einfluss."

Falk kopierte den Brief und brachte das Original bei der Kriminaltechnik vorbei. Dann verließ er das LKA und steuerte, stets auf der Suche nach Wärme, einen frühen Glühweinstand an, holte einige der Zigaretten nach, die er im Büro nicht mehr rauchen durfte, und begab sich anschließend zu Fuß auf den Weg.

3

Ein hoher Eisenzaun mit kunstvoll geformten, bösartig wirkenden Spitzen trennte das Grundstück von der Tarviserstraße, die zwischen dem schnurgeraden Lendkanal, seiner steilen Böschung, den alten Alleebäumen auf der einen und einem frisch asphaltierten Gehsteig auf der anderen Seite verlief. Die zweigeschossige Villa lag mitten in einem parkähnlichen Garten, der in der fortschreitenden, nebelverhangenen Dämmerung fast endlos erschien. Falk drückte auf die Klingel am Gartentor.
Nach einer Weile meldete sich eine Frauenstimme mit einem fragenden: „Ja?"
„Chefinspektor Falk von der Kriminalpolizei."
Er warf voreilig seine Zigarette weg, denn es dauerte eine weitere Minute, ehe die Pforte aufsprang. Eine junge, in schwarze Jeans und einen schwarzen Pullover gekleidete Frau erwartete ihn in der offen stehenden Haustür. Sie trug ihr kurz geschnittenes Haar zu einer steifen Bürste geföhnt und mit gelben und roten Strähnen verziert. Für Sekunden reichte sie ihm ihre schlaffe Hand wie einen toten Gegenstand, den man gerne wieder loslässt.
„Frau Weinstein?", fragte er.
„Ja."
Sie bedeutete ihm einzutreten, schloss sorgfältig die Türe und wandte sich wieder Falk zu.
„Was hat die Kripo mit einem Unfall zu tun?"
Weinsteins Witwe war knapp über dreißig, wie er wusste, hätte mit ihren kindlichen Zügen aber auch für zwanzig durchgehen können. Ihre halb angriffslustige, halb defensive Haltung mit den vor der Brust verschränkten Armen verstärkte diesen jugendlichen Eindruck. Sie musterte ihn misstrauisch.
„Ich möchte Ihnen zunächst mein Beileid aussprechen."
Kaum merklich nickte sie, ihre Züge und ihr Blick verrieten keine Emotion.

Diese ersten Worte tauschten sie in einem großzügig dimensionierten Vorraum aus, der in den klaren Linien des Bauhauses entworfen und eingerichtet worden war. Auf den Kleiderhaken hingen schichtenweise Mäntel und Jacken und überall standen und lagen Schuhe und Stiefel. Ausschließlich Modelle für Frauen. Recht teure Modelle, wie Falk zu erkennen glaubte.

„Ich habe gerade meine Sachen durchgesehen ...“

„Wollen wir nicht hineingehen? Sie könnten sich setzen.“

„Das ist nicht nötig“, erwiderte sie und bekräftigte ihre Ablehnung, indem sie sich mit den Schultern gegen die Wand lehnte. Ohne erkennbare Energie, Interesse und Spannkraft erinnerte sie ihn seltsamerweise an die unglückliche Topfpflanze in seinem Büro, die sich nur mit Mühe aufrecht hielt. Er zuckte die Achseln.

„Wir haben einen Hinweis erhalten, deshalb bin ich hier.“

Frau Weinstein wäre durchaus hübsch gewesen, wenn ihre Mundwinkel weniger entschieden nach unten gewiesen hätten. Sie wirkte nicht traurig, nur missmutig, passiv und eben pflanzenhaft und sie ging ihm, wie er sich eingestand, schon jetzt auf die Nerven. Er dachte an Oberst Prettners Ermahnung und unterdrückte einen Seufzer.

„Einen Hinweis?“, fragte sie mit ihrer leicht schleppenden Stimme. Er nickte.

„Zeigen Sie mir bitte die Stiege, über die Ihr Mann gestürzt ist.“

Kommentarlos setzte sie sich in Bewegung. Sie durchquerten eine Halle, von der eine breite Treppe nach oben führte, und gingen an mehreren hohen, zweiflügeligen Schleiflack-Türen vorüber. Am Ende eines Ganges befand sich eine weitere Tür, hinter der sich eine große Abstellkammer mit Regalen voll von Reinigungsmitteln und einer Fülle von Besen, Bürsten, Wischern und Staubwedeln verbarg. Wenn Schmutz blühen konnte, sprach nichts dagegen, dass Sauberkeit roch. Hier roch es nach Sauberkeit. Falk fiel auf, dass gleich drei Staubsauger an der Wand hingen. Er konnte den Sinn eines

Zweit- und sogar Drittwagens nachvollziehen, aber wer um alles in der Welt braucht einen Zweit- und Drittstaubsauger? Einen Teil der rechten Wand beanspruchte eine Nische. Sie bildete den oberen Absatz jener Treppe, die dem Hausherrn zum Verhängnis geworden war. Julia Weinstein machte Licht.

„Da ist sie."

Schon wieder lehnte sie an der Wand. Falk blickte nach unten. Bei der Kellerstiege hatten die Erbauer der Villa gespart. Sie passte gar nicht in das großzügige Haus, so steil angelegt und mit schmalen Auftritten. Leicht vorstellbar, dass man sich den Hals brach, wenn man hinunter stürzte. Er zog das Foto aus der Tasche, auf dem andeutungsweise das Tuch oder Stoffstück zu sehen war, das farblich mit dem Sienarot der Fliesen übereinstimmte. Es zeigte die Treppe genau von seinem jetzigen Standort aus. Unten lag noch Weinstein, zusammen gekrümmt, das Gesicht abgewandt.

Er hielt ihr das Foto hin, wobei er die Leiche mit seinem Daumen abdeckte. Mit einem Finger deutete er auf das Stoffstück.

„Was könnte das sein?"

„Das ist Richards Schal."

„Wo ist er jetzt?"

„Im Keller. Dr. Koch hat ihn aufgehoben, damit nicht noch jemand zu Schaden kommt."

Also hatte schon der Arzt einen Zusammenhang zwischen dem Kleidungsstück und dem Sturz vermutet. Falk steckte das Foto wieder ein und ging nach unten. Es überraschte ihn nicht, dass sie oben angelehnt stehen blieb. Apathische Topfpflanzen bewegen sich nicht so gerne. Er fand einen Lichtschalter und sah sich um. Auch hier herrschte absolute Ordnung – mit einer Ausnahme. Der Schal war achtlos über einen großen Haken geworfen worden, an dem – Falk konnte es kaum glauben – ein weiterer Staubsauger hing. Er nahm das Kleidungsstück herunter. Es war aus hochwertiger Wolle gefertigt, leicht und warm. Die Oberfläche schimmerte im Licht der grellen Kellerbeleuchtung. Falk entfaltete eine

16

Plastiktüte, überlegte es sich aber anders und legte den Schal sorgfältig auf eine Treppenstufe, so dass sein Rand genau mit der vorne abgerundeten Fliesenkante abschloss. Wenn er glattgestrichen dalag, verschmolz er geradezu mit der Stufe. Die feinen Wollfasern glitten bei der leichtesten Berührung mühelos über die glatte Fliese. Für einen Mann, der von oben kam und noch dazu etwas trug, ein praktisch unsichtbares, aber hoch wirksames Gleitmittel, sobald er darauf trat. Wenn der Schal versehentlich zu Boden fiel und sich dabei fältelte, sah man ihn wesentlich leichter. Durchaus möglich also, dass er schon vorher harmlos am rechten Treppenrand gelegen hatte. Ebenso konnte er jedoch im Verlauf des Sturzes mitgerissen worden und dann liegen geblieben sein. Sollte diese Lesart zutreffen, gab es jemanden, der eine ebenso perfide wie wirkungsvolle Falle eingerichtet hatte. Viel unauffälliger als etwa eine gespannte Nylonschnur, die nach dem Anschlag rasch entfernt werden muss und dennoch an der Wand verräterische Spuren hinterlässt.

Falk faltete den Schal zusammen und schob ihn in die Plastiktüte. Er trat an einen der Metallschränke, die in Reih und Glied an den Wänden standen, versehen jeweils mit Listen, sorgsam in Klarsichthalterungen verpackt. Oben stand groß die Nummer des Schranks, dann Fach 1, darunter die einzelnen Positionen. 1. Ananas, Scheiben, 2. Ananas, Stücke, 3. Artischocken, Natur, 4. Artischocken, gebraten, 5. Artischocken, ital. Kräutermischung, 6. Bohnen, groß, weiß, 7. Bohnen, klein, weiß, 8. Bohnen, Kidney, 9. Bohnen, Käferbohnen, usw. In der Spalte rechts daneben war jeweils die Menge handschriftlich eingetragen. Wurde etwas entnommen oder ergänzt, strich der Hüter dieses fabelhaften Systems die alte Zahl durch und setzte daneben die neue. Über der letzten Spalte stand Ablauf, darunter Monat und Jahr des vermutlich ältesten Produkts, das bestimmt ganz vorne zur Entnahme bereit lag. Falk versuchte den Schrank zu öffnen, doch er war abgesperrt. Langsam bewegte er sich von Liste zu Liste und empfand vages Staunen ob der Vielfalt und Menge an Lebensmitteln, die hier gelagert wurden. Die bescheidenen Vorräte seines eigenen Haushalts waren bunt durcheinander gemischt und gestapelt und wenn an einem Samstagabend eine entscheidende Zutat fehlte und die Gäste schon vor der Tür standen, konnte man Gift darauf nehmen, dass sie sich nicht unter den Beständen befand.

Er entdeckte einen reich sortierten Weinkeller, einen Raum voller teurer Sportgeräte, penibel gepflegt und geordnet, und eine Eisentür, neben der an einem Haken ein Schlüssel hing. Er öffnete sie und fand sich am unteren Ende einer betonierten Auffahrt wieder, breit genug, um mit einem Lieferwagen auf Kellerniveau zurückzustoßen. Ein bequemer zweiter Zugang, der den möglichen Täterkreis – sofern eine Tat vorlag – mit einem Schlag beträchtlich erweiterte.

Falk schloss die Tür und kehrte über die Stiege zu Frau Weinstein zurück. Sie hatte immer noch die Arme vor der Brust verschränkt und betrachtete ihn mit dieser Mischung aus Gleichgültigkeit und schlechter Laune, an die er sich langsam zu gewöhnen begann. Ein griesgrämiger Philodendron. Nicht ganz ungiftig, wie er sich erinnerte.

„Haben Sie ihn gefunden?", erkundigte sie sich desinteressiert.

„Wen?", fragte er verblüfft.

„Na, den Schal. Den haben Sie doch gesucht, schon vergessen?"

Der gut gefüllte und wohl geordnete Keller, bestimmt nicht ihr Werk, hatte ihn aus irgendeinem Grund aufgeheitert. Er lächelte sie an und nahm den Faden seiner früheren Überlegungen wieder auf.

„Warum lag er auf der Treppe?"

„Richard wird ihn verloren haben, als er stürzte."

Nun zog er wieder ein Foto hervor, auf dem der Tote groß abgebildet war. Er trug einen Trainingsanzug, unter der Jacke einen Rollkragenpulli. Diesmal hatte er keine Hemmungen, es ihr zu zeigen.

18

„Warum sollte er im Haus einen eleganten Schal tragen, noch dazu zu diesem Outfit? Das ergibt keinen Sinn."

Sie wurde ein wenig bleich um die Nase und schwieg.

„Gehen Sie oft in den Keller?"

„Nie. Er wollte es nicht. Er hatte panische Angst davor, dass ich etwas durcheinander bringen könnte."

„Ihr Gatte war sehr ordnungsliebend?"

„Kann man so sagen. Er trieb es auf die Spitze. Es machte ihn schon krank, wenn ich nicht pünktlich meine Tage bekam."

Falk wusste, was in dem Bericht stand, hatte in seiner Laufbahn aber gelernt, dass die alte Bullenmanier, Fragen doppelt und dreifach zu stellen, durchaus ihre Berechtigung besaß.

„Wo hielten Sie sich auf, als es passierte?"

„Im Dampfbad."

„In welchem?"

„Wir haben eines im Dachgeschoss."

„Haben Sie nichts gehört?"

„Im Keller kann Lady Gaga ein Konzert geben und Sie merken oben nichts davon."

„Führen Sie mich hin."

Resigniert ließ sie die Arme sinken.

„Kommen Sie."

Wieder folgte er ihr, diesmal durch die Halle und über die breite Treppe nach oben. Aus dem ersten Stock führte eine schmalere Treppe in die Mansarde. Sie passierten zwei schwere Türen – alles in dem Haus, ob aus Holz, Stein oder Glas, schien massiv und gut gearbeitet – und gingen schließlich durch eine stark gedämmte Schleuse, hinter der das Dampfbad lag. Es hatte nichts mit einer jener Dampfkammern zu tun, die man sich für ein paar Tausend Euro in ein großes Badezimmer oder in den Keller stellt. Funkelnde Fliesen in verschiedenen Größen und Formen kleideten den Raum aus, inklusive zweier Erker mit Fenstern. Das neblige Halbdunkel verbarg die Silhouette des Nachbarhauses, doch fast gespenstisch hingen, teilweise von

Ästen verdeckt, matte, gelbe Vierecke hinter den Bäumen des Parks. Eine Vielzahl winziger Leuchtmittel veränderte bei jeder Bewegung die Brechung und Spiegelung des Lichts. Falk, der das kalte Feuer von Steinen mochte, fühlte sich in das Innere eines Diamanten versetzt. In der Mitte des Dampfbads, das bestimmt Platz für acht oder zehn Personen bot, thronte auf einem glitzernden, halbhohen Podest eine große, dunkle Steinplatte. Marmor, vermutete er, und bestimmt beheizt. Auf der Platte lagen in Schichten mehrere flauschige, blaue Badetücher.

Frau Weinstein merkte, dass der Raum ihn beeindruckte.

„Unser Caldarium", sagte sie mit einem Anflug von Stolz.

„Caldarium?"

„Der lateinische Name. Richard hat es so genannt."

„Wann haben Sie es zuletzt benützt?"

„Gar nicht mehr seit dem Unfall."

Das oberste Tuch wies Flecken auf, die dem anonymen Briefschreiber Recht geben mochten. Leicht möglich, dass man im Labor Sekret und Sperma entdecken würde. Nach zwei Wochen. Die Frau hatte wirklich nichts vom Ordnungssinn ihres Gatten.

„Sie waren nicht allein", stellte er fest, während er mit seinem Handy ein Foto von dem Stapel machte. Als er aufblickte, sah sie ihn fest an, ihre dunklen Augen erinnerten ihn an andere dunkle Augen und er war für einen Moment verwirrt.

„Spielt das eine Rolle?", fragte sie mit ihrer leicht ermüdenden Philodendronstimme.

„Wäre durchaus möglich. Wie heißt er?"

Nun wurde sie doch ein wenig wütend, allerdings ohne etwas abzustreiten.

„Wollen Sie ihn in irgendwas hineinziehen?"

Falk hatte keine Lust, ein riesiges Badetuch mitzuschleppen, also schnitt er mit seinem Taschenmesser den Streifen mit den Flecken ab und verstaute ihn in einer weiteren Plastiktüte.

„Dürfen Sie das?", fragte sie schon wieder weniger interessiert.

20

„Ich will mit der Haushälterin sprechen. Wann kommt sie zurück?"

„Woher wissen Sie, dass Martha nicht da ist?"

„Wenn sie im Haus wäre, hätte sie mich eingelassen."

„Sie erledigt Einkäufe. Ich weiß nicht, wann sie kommt."

„Warum hat sie hier nicht aufgeräumt?"

„Sie kümmert sich nur um die Küche und das Erdgeschoss. Alles andere erledigte mein Mann."

„Also, wie heißt Ihr Freund?"

Sie schüttelte den Kopf.

Er zog den Brief aus der Tasche, der ihn zu diesem Besuch veranlasst hatte.

„Gino, genannt der geile Gino?"

Mit einer verblüffend schnellen Bewegung versuchte sie, ihm das Papier aus der Hand zu reißen. Falk trat einen Schritt zur Seite, sie stolperte und musste sich mit beiden Händen an der Wand abfangen. Er las ihr den Text vor.

„Wer hat das geschrieben?", fauchte sie.

„Das würde ich gerne von Ihnen wissen. Waren Sie mit Gino hier, während es geschah?"

„Und wenn?"

„Wie ist sein voller Name?"

„Lamberti. Gino Lamberti."

„Was tut er? Wo finde ich ihn?"

„Er ist Koch in einer Pizzeria."

„In welcher?"

Gino arbeitete im Angelo, wie passend. Falk hatte einige Male dort gegessen.

„Wusste Ihr Gatte, dass Sie sich hier liebten?"

„Ja", gab sie mürrisch zu.

„Hatte er nichts dagegen einzuwenden?"

„Vor drei Jahren musste er sich die Prostata entfernen lassen. Danach wurde er impotent, obwohl er alles Mögliche versucht hat."

„Also hat er Ihnen einen Liebhaber zugestanden?"

Sie nickte.

21

Falk stellte sich vor, wie Dr. Weinstein, für den offenbar
wirklich alles einer strikten Ordnung unterworfen sein musste,
natürlich auch das Sexualleben seiner Frau, ganz pragmatisch
nach einer Lösung des Problems gesucht hatte, nur um keine
wild wuchernden, unordentlichen Verhältnisse aufkommen zu
lassen.

„Hat er die Männer ausgesucht?"

„Woher wissen Sie, dass es mehrere waren?"

„Reine Vermutung. Hat er sie ausgesucht?"

„Das nicht gerade. Ich durfte schon mitreden."

Da schwang eine leise Ironie mit, die sie ihm gleich
sympathischer erscheinen ließ.

„Und Sie haben mitgemacht. Ergab das nicht eine seltsame
Situation?"

„Abgesehen von seinem Ordnungstick war Richard ganz in
Ordnung. Großzügig, wir sind oft verreist, haben die besten
Lokale besucht, Partys gegeben ... Er fühlte sich wohl unter
Leuten."

Und weil er wusste, dass 30-jährige Frauen gerne mit
Männern schlafen, arrangierte er das eben auch. Dabei
erschien ihm ein einziger ständiger Freund wohl zu riskant.
Der setzt sich über kurz oder lang fest, wird zum Zweitmann,
stellt Ansprüche ...

„Haben Ihre Liebhaber mitbekommen, wie es lief?"

Sie schüttelte den Kopf.

„Das war auch gut so. Es hat sie angemacht, mit mir
beisammen zu sein, während mein Mann unten herum lief.
Ahnungslos, wie sie glaubten. Männer ..."

Falk fühlte sich irgendwie ertappt.

„Wie erfuhren Sie von dem Unfall?"

„Martha rief mich."

„Was tat Gino?"

„Ich habe ihn weggeschickt."

„Waren Sie mit Ihrem Leben zufrieden?"

Sie hob die Hände und ließ sie gleich wieder fallen.

„Zufrieden?", sagte sie gedehnt, beinahe hilflos. „Ich habe nicht darüber nachgedacht. Ich habe Richard gemocht, aber jetzt – ich vermisse ihn nicht."

Überrascht lauschte sie den eigenen Worten nach und wiederholte sie wie für sich selbst: „Ich vermisse ihn nicht."

„Kennen Sie den Schal?"

„Ja, er hat ihn oft getragen."

„Wo wurde er aufbewahrt?"

„In der Garderobe?", fragte sie zurück. „Ich weiß es nicht."

„Hat jemand kurz vor dem Unfall den Keller aufgesucht – ich meine, außer Ihrem Mann?"

Sie hatte keine Ahnung.

„Ist vielleicht etwas angeliefert worden?"

„Ich weiß nicht."

„Gibt es mehrere Schlüssel zur Außentür?"

Der Blick ihrer dunklen Augen war von überzeugender Ratlosigkeit.

„Wer könnte diesen Brief geschrieben haben?"

Sie dachte kurz nach.

„Ich weiß nicht."

„Überhaupt keinen Verdacht?", fragte er.

Philodendrisch langsam bewegte sie den Kopf hin und her.

„Ihr Mann war wohlhabend", stellte er fest.

„Sehr wohlhabend", bestätigte sie. „Ich erbe alles."

Ein winziges Lächeln stahl sich in ihre Mundwinkel und das genügte, um sie aufblühen zu lassen.

Er fragte sich, wie lange es wohl dauern mochte, bis sie begriff, dass ihr sein Besuch und alles was damit zusammen hing, gefährlich werden konnten.

„Haben Sie Feinde in der Nachbarschaft?"

„Wir kennen die Nachbarn kaum. Die Grundstücke sind groß ..."

Um die anfallenden Arbeiten kümmerte sich ein Gärtner. Bestimmt verhielt es sich in der Umgebung ähnlich, so dass sich eher die Gärtner kannten als die Bewohner der Häuser.

„Hatte Ihr Mann Feinde?"

„Gewiss nicht."

„Was machte er beruflich?"

„Bis zur Pension arbeitete er als Wirtschaftsanwalt."
Ein Spezialist, der vielhundertseitige Verträge für große
Unternehmen verfasste, in denen jeder einzelne Punkt, jeder
Satz und jedes Wort von Genauigkeit und juristischer
Vorsicht bestimmt sind. Diese vorbeugende Konfliktregelung
und Konfliktvermeidung war ihm auch privat in Fleisch und
Blut übergegangen.

„Haben Sie mit jemandem über Ihre Liebhaber gesprochen?"

„Nicht einmal mit meiner besten Freundin. Es durfte nichts
nach außen dringen. Darauf bestand Richard."
Sie kehrten in das Erdgeschoss zurück und trafen auf eine
dicke Frau, die in einer Hand einen großen Korb trug, in der
anderen mehrere gut gefüllte Plastiksäcke.

„Der Herr ist von der Kriminalpolizei, Martha", sagte die
junge Witwe. „Er möchte dir ein paar Fragen stellen."
Martha blickte besorgt drein.

„Kriminalpolizei? Ein Kommissar?"

„Chefinspektor", murmelte Falk. Warum stimmten die
Dienstgrade der österreichischen Polizei bloß nicht mit denen
unzähliger Fernsehserien überein?
Martha wusste nicht, wohin mit ihrem Gepäck, und
stammelte: „Ja, dann ... Gehen wir in die Küche?"
Er nickte und sie ging erleichtert voran. Die Küche war
erkennbar ihr Territorium, die Anspannung ließ nach, sie
wurde vor seinen Augen ein wenig kleiner und runder, stieß
die Tür zu einem Kühlraum auf und entledigte sich rasch des
Korbs und der Taschen. Dann zog sie ihren Mantel aus,
hängte ihn in einen Kasten und fragte: „Wollen Sie etwas
trinken? Kaffee, Tee oder etwas Stärkeres?"
Er hätte gerne ein Bier getrunken und eine Zigarette geraucht,
bat aber nur um einen Kaffee und setzte sich, als sie ihm einen
Platz an dem massiven Holztisch anbot, der größer war als
manche Kochnische in einer Kleinwohnung. Frau Weinstein
nutzte die Gelegenheit und zog sich diskret zurück. Genau

genommen kam sie die letzten Meter einfach nicht mit. Falk blickte sich um. Die Kücheneinrichtung bildete ein Konglomerat aus altem, matt schimmerndem Holz mit Messingbeschlägen, aus kühlem Edelstahl und getöntem Glas. Über dem Tisch hing eine Lampe mit grünen Zierscheiben und Kordeln, wie man sie nur noch auf alten Fotografien zu sehen bekommt, aber die Arbeitsflächen wurden von verborgenen Lichtleisten hell erleuchtet und kleine Halogenspots an der Decke sorgten dafür, dass sich in keiner dunklen Ecke ein Staubkorn verbergen konnte. Trotzdem war es ein behaglicher Raum, warm und mit einem angenehmen Geruch, wie die Essenz der Erinnerung an Tausende gelungene Gerichte.

Die Haushälterin wirkte aufgeregt wie ein kleines Mädchen vor dem ersten Besuch des Nikolos und Falk vermutete, dass sie - wenn sie ihrer Mutter oder ihren Freundinnen von seinem Besuch erzählte – ihn als Kommissar bezeichnen würde, denn ein Chefinspektor war längst nicht so aufregend. Für den würde ihr Publikum nicht halb so viel geben.

„Sie haben Herrn Weinstein noch unmittelbar vor seinem Tod gesehen?"

„Ja, die Küchentür stand offen, weil ich gerade die schwere Vase herein geschleppt hatte, da ging er vorbei in Richtung Keller. Er trug eine große Schachtel auf den Armen, deshalb hat er nur kurz gegrüßt. Sonst hätte er bestimmt ein paar Worte mit meiner Mutter gewechselt, er plauderte gerne mit ihr. Ein echter Gentleman, immer freundlich und höflich."

„War er allein?"

„Ja."

„Wo hielt sich Frau Weinstein auf?"

„Das haben wir Ihren Inspektoren doch alles schon erzählt. Sie befand sich in der Mansarde, in der Dampfkammer."

„War auch sie allein?"

Martha verstand sich nicht aufs Lügen. Ihre Wangen röteten sich und sie wich aus.

„Mit wem hätte sie denn im Dampfbad sein sollen?"

25

„Mit Gino Lamberti."

Sie ließ beinahe die Tasse fallen, die sie eben zum Tisch trug.

„Dazu kann ich Ihnen wirklich nichts sagen."

„Können Sie nicht oder wollen Sie nicht?"

„Ich kann nicht, Herr Kommissar. Es gibt einen Nebeneingang an der Seite des Hauses, der direkt über eine schmale Wendeltreppe in die Mansarde führt, wo ehemals das Personal wohnte."

„Das heißt, es könnten noch mehrere Leute im Haus gewesen sein."

„Was hätte das geändert? Hier befand sich sonst niemand."

„Es hätte jemand die Haupttreppe herabsteigen und sich in der Kammer oder im Keller verbergen können."

Sie schüttelte so entschieden den Kopf, dass ihre üppigen Formen in Bewegung gerieten.

„Das ist unmöglich. Wenn der ..." Martha suchte vergeblich nach einem passenden Wort.

„Besuch", schlug Falk vor.

„Ja. Wenn Besuch kam, sperrte Herr Weinstein den Durchgang ab. Das erschien ihm wichtig. Mir übrigens auch."

„War die Tür tatsächlich abgesperrt?"

„Ja."

„Und wenn der Besuch ging und Frau Weinstein herunter wollte?"

„Rief sie entweder an oder lief ums Haus. Es ist ja nicht weit."

„Wie standen Sie zu dieser Art von Ehe?"

„Es ging mich nichts an. Mir gegenüber benahmen sich beide freundlich und korrekt. Auch Frau Weinstein. Sonst wäre ich nach seinem Unfall bestimmt nicht geblieben."

„Vielleicht hat es Sie trotzdem gestört."

Wieder schüttelte sie den Kopf und versetzte ihren Körper erneut in sanfte, wenn auch gegenläufige Schwingungen.

„Ich habe mit 18 ein uneheliches Kind bekommen und später einige Jahre eine Ehe geführt, auf die ich gut hätte verzichten können. Ich bin kein Moralapostel. Und irgendwie habe ich beide verstanden. Ich bin mir nicht sicher, ob er sie geliebt

hat, aber er wollte sie jedenfalls nicht verlieren. Und er hätte sie verloren. Sie passten gut zusammen. Doch sie ist eine junge Frau, die das Körperliche braucht. Manche können darauf verzichten, andere nicht. Das hat er verstanden."
„Das Ehepaar hat das große Haus zu zweit bewohnt?"
„Ich wohne auch hier. Ich habe zwei Zimmer auf der Gartenseite, eigentlich ein kleines Appartement mit allem Drum und Dran."
„Sie sind bestimmt eine tüchtige Köchin, fühlten Sie sich nicht unterfordert?"
„Ganz bestimmt nicht, das ist ein gastfreundliches Haus – oder vielmehr, war es. Arbeit gab es immer genug. Drei- oder viermal die Woche kamen Freunde zum Essen, oft musste ich für zehn Personen kochen und jedes Mal mehrere Gänge. Zuletzt noch am Abend vor dem Unfall."
„Da gingen Sie wohl oft in den Keller zu den Vorratsschränken?"
„Überhaupt nie. Der Keller gehörte allein Herrn Weinstein, jedenfalls seit seiner Pensionierung."
„Wie funktionierte das?"
„Ich sagte, was ich brauchte, und wenn es im Haus vorhanden war, brachte er es mir. Er kümmerte sich auch selbst um die Getränke."
„Würden Sie sagen, dass er einen Tick hatte?"
„Manche würden es wohl so sehen. Ich dachte mir, ich habe meinen Bereich, in dem ich Ordnung halte, und er hatte seinen. Wir sind uns nie in die Quere gekommen."
Falk ließ sich noch das Speisezimmer zeigen und die Toiletten, die man von der Halle aus erreichte.
„Für zehn Leute zu kochen ist aufwändig genug. Hatten Sie keine Hilfe beim Auftragen?"
„Wir verwenden einen Servierwagen. Wenn ich genügend Zeit fand, schob ich ihn selbst zum Speisezimmer, dort übernahm Frau Weinstein. Beim Verteilen halfen ihr immer die jüngeren Gäste – es waren Freundesrunden und die

Formen sind nicht mehr so streng. Wenn ich zu beschäftigt war, drückte ich meinen Hol-Knopf."

Sie wies auf einen Schalter neben der Tür.

„Im Speisezimmer leuchtet dann eine grüne Lampe und man holt den Wagen. Deshalb Hol-Knopf."

Bei der Erinnerung an die vielen geschäftigen Abende wurden ihre Augen feucht. Falk stellte sich vor, dass es oft lebhaft hergegangen sein mochte.

„Bekamen Sie mit, wer draußen kam und ging?"

Trotz des steigenden Tränenpegels lachte sie auf.

„Was denken Sie denn? Ich hatte alle Hände voll zu tun und wenn nicht gerade serviert wurde, blieb die Tür geschlossen, wegen des Geruchs."

Also freie Fahrt zur Kellertreppe, schloss Falk. Er ließ sich noch die Namen der Gäste geben, die sich an jenem Abend vor Weinsteins Tod zum Essen versammelt hatten, und ihre und Frau Weinsteins Handynummern. Zum Umgang mit dem Kellerschlüssel konnte sie auch keine Auskunft geben.

„Darum kümmerte sich ausschließlich Herr Weinstein."

Martha brachte ihn zur Haustür. Als er schon im Freien stand, stellte er noch eine Frage.

„Ihrem Kind geht es gut?"

Sie lächelte ihn an.

„Sehr gut."

„War es der Vater des Kindes, dem Sie Ihre verzichtbare Ehe verdankten?"

„Nein, der Vater war ein netter Kerl. Mit dem wäre es anders ausgegangen. Nur war er leider schon verheiratet."

„So was passiert."

„Ja, weil nämlich in Wirklichkeit niemand darauf verzichten kann."

Falk steckte sich eine Zigarette an, hob die Hand zum Gruß und ging. Schon nach wenigen Schritten fiel ihm ein, dass er etwas vergessen hatte, aber die automatische Gartentür fiel gerade hinter ihm ins Schloss. Er verwendete das Handy.

„Entschuldigen Sie, ich habe noch eine Frage. Was befand sich eigentlich in dem Karton, den Dr. Weinstein trug?"
„Sportsachen. Schlittschuhe, Knieschützer, ein Helm ..."
Er bedankte sich. Da hätte auch ein Schal dazu gepasst. Im LKA hob Inspektor Prüller ab. Falk gab ihm durch, was er über Gino Lamberti erfahren hatte. Durch den dichter aufziehenden Nebel lief er fröstelnd Richtung Innenstadt und kehrte in einem Imbissstand ein, wo er endlich das Bier trank, um das zu bitten er in Marthas Küche nicht gewagt hatte.

4

Zurück in seinem Büro, rief er Prüller zu sich. Viel gab es über Lamberti nicht zu sagen – ein 24-jähriger Süditaliener, seit zwei Jahren bei Angelo beschäftigt. Einmal war er mit seinem Fiat deutlich zu schnell in eine Radarfalle geraten. „Er fährt einen Cinquecento?", las der Chefinspektor laut. „So steht es da."
Inspektor Prüller gebärdete sich von Natur aus ein bisschen anmaßend und er redete von Natur aus ein bisschen viel, weshalb er unter den Kollegen auch ein bisschen unbeliebt war. Oft sind es wirklich nur die Kleinigkeiten, in Prüllers Fall eine Kausalkette von Bisschens.
„Er soll morgen um neun ins LKA kommen, da wird er noch nicht arbeiten. Sagen Sie ihm, er kann im Hof parken. Sagen Sie das auch dem Wachhabenden."
„Im Hof?"
Falk sah Prüller fest in die großen, braunen Augen, die stets, wenn Prüller verwirrt war, den Ausdruck von Hundeaugen annahmen. Von Schäferhundeaugen, Falk hatte einmal einen besessen.
„Ja, im Hof."
Er interessierte sich schon seit einiger Zeit für einen Cinquecento, aber das ging Prüller absolut nichts an.
Um sechs ging er mit seinem Stellvertreter in ein kleines Lokal gleich um die Ecke, das in den letzten Monaten ziemlichen Zulauf bekommen hatte, weil man dort noch rauchen durfte. Sie bestellten sich Bier und aßen dazu Brezen vom Vormittag.
„Ach ja", bemerkte Lacher, „die beiden Typen von der Streife haben den Schal gesehen, er erschien ihnen aber nicht wichtig."
„Hast du ihnen gesagt, was wir von solchen Kollegen halten?" Lacher hob seine Rechte und ließ sie wieder fallen, als ob er nach einer Antwort greifen wollte, dann aber darauf verzichtete, weil sie ohnehin nichts Neues enthielt. Falk

wusste aus langjähriger Erfahrung, was sein Stellvertreter meinte – natürlich sagt man es ihnen, aber was hilft es schon? – und gab sich damit zufrieden.

„Der Brief stammt sicher nicht von Martha oder ihrer Mutter. Er klingt nach Eifersucht, möglicherweise Neid."

„Auf wen?"

„Eifersucht auf Frau Weinstein, Neid auf Gino."

„Der Schreiber ist ein Mann."

„Ein unsicherer Mann, vielleicht ein junger Mann."

Einige Halbe später fragte der Chefinspektor seinen Stellvertreter: „Kannst du dir vorstellen, dass sich ein Philodendron einen heimtückischen Mordplan ausdenkt?"

„Ein echter Philodendron?"

„Ein menschlicher."

„Eher nicht. Wenn, dann nur in einem echten Ausnahmefall."

„Eben."

5___

Falk fuhr mit dem Taxi nach Hause. Ginny, der weiße
Zwergpudel, begrüßte ihn. Die Fenster des Blockhauses, das
sein Schwiegervater zwischen den alten Kastanien errichtet
hatte, waren dunkel. Die Fenster des älteren, aber modernen
Hauses, das er mit seiner Frau bewohnte, ebenfalls. Sie
unterrichtete an der Abendschule. Das dauerte manchmal
länger. Er zog sich aus und ließ sich ins Bett fallen.
Als Monika kam, wachte er auf und dachte plötzlich wieder
an den Blick aus dunklen Augen, den Frau Weinstein ihm
zugeworfen hatte. Er träumte jedoch weder von ihr noch von
Monika, er träumte von einem Blick aus anderen dunklen
Augen, dem Blick Antonias. Um halb sieben erwachte er mit
seinen nächtlichen Traumbildern von ihr und fühlte sich
elend.
Monika schlief gerne in den Vormittag hinein, daher schlich
er aus dem Schlafzimmer und bereitete sich leise sein
Frühstück. Gewöhnlich einen Kaffee und ein Stück Kuchen.
Irgendeinen Kuchen hatten sie immer im Haus. Am Frühstück
hing sein Herz nicht. Falk konnte nur nicht ganz darauf
verzichten, weil sein Magen etwas brauchte, womit er sich bis
zu einem ordentlichen Essen beschäftigen konnte. Er ließ
Ginny in den Garten und stellte sich unter die Dusche. Beim
Abtrocknen schnitt er sich im Spiegel selbst eine Grimasse.
45-jähriger Bulle, mittelgroß, Grauanteil im Haar: null,
Faltenanteil im Gesicht: zunehmend, Bauchansatz:
zunehmend, ästhetische Gesamtnote: abnehmend, Attraktivität
für Frauen: nicht drüber nachdenken. Er kleidete sich an und
ging, die Morgenzigarette im Mundwinkel, zum Bus.

32

6

In der Kriminalabteilung summte es trotz der frühen Stunde wie in einem Bienenstock. Letzte Nacht hatte es wieder einen brutalen Raubüberfall in einem der schmalen Gässchen der Altstadt gegeben, den vierten in vier Wochen. Jede Woche einer seit Anfang Oktober und dies trotz verstärkter Streifenfahrten und Fußpatrouillen. Ein beunruhigender Rhythmus. Lacher, der ja nun die Ermittlung in diesen Fällen leitete, war um drei Uhr aus dem Bett geholt worden. Mit geröteten Augen las er die Berichte, er roch nach dem Alkohol vom Vorabend. Falk nahm ganz automatisch die Zügel in die Hand, ließ sich informieren, erteilte Anweisungen.

Um neun steckte ein junger Mann seinen Kopf ins Büro, sichtlich eingeschüchtert vom Betrieb, und sagte, er sei in die Buchengasse bestellt worden. Erst da fiel Falk wieder die Angelegenheit Weinstein ein, Gino Lamberti tauchte auf wie ein Bote aus einer fremden Welt.

„Hat man Sie im Hof parken lassen?"

Der junge Mann nickte. Er hielt seinen Pass in der Hand und wusste nicht, was er damit anfangen sollte.

„Wenn Sie ihn schon mithaben, dann zeigen Sie ihn mir", sagte Falk freundlich. „Und setzen Sie sich."

Gino tat beides. Er war schlank, mittelgroß, mehr noch ein hübscher Junge als schon ein junger Mann. Feine Gesichtszüge, schwarzes Haar, glatte Haut. Man konnte sich gut vorstellen, dass er den Frauen gefiel. Unwillkürlich fragte sich Falk, welchen Frauen er selbst wohl noch gefiel und wieder schlich sich Antonia in seine Gedanken. Er verscheuchte sie, wusste aber, dass sie sich nur hinter der nächsten Ecke verbergen würde, um ihm dort aufzulauern. Er verstand, dass Gino einem Mann wie Dr. Weinstein als Liebhaber für seine Frau gelegen kam, denn wenn man seine Fähigkeiten als Verführer nicht fürchtete, blieb nichts Bedrohliches an ihm übrig.

Falk überflog den Pass und reichte ihn zurück.

33

„Sie wissen, warum ich Sie hergebeten habe?"

Gino nickte.

„Julia hat mich angerufen. Seit jenem Tag wollte sie mich nicht mehr sehen und auch nicht mit mir sprechen, aber gestern hat sie angerufen und gesagt, die Polizei wüsste alles." Er sprach mit einem ganz leichten Akzent und gewählter als viele Einheimische seines Alters. Jedes Alters, um genau zu sein.

„Was ist das, alles?"

„Dass ich bei ihr war, als der Unfall passierte."

„Was hast du gemacht, als du davon erfahren hast?"

Falk ging ganz unbewusst dazu über, ihn zu duzen, auch Gino schien es nicht aufzufallen.

„Ich bin sofort gegangen. Die Wendeltreppe hinunter und bei der hinteren Gartentür hinaus."

„Hast du jemanden gesehen?"

Der Junge schüttelte den Kopf.

„Kann dich jemand gesehen haben?"

„Es gibt andere Häuser dort. Mir ist aber nichts aufgefallen."

„Was hast du anschließend getan?"

„Mein Auto parkte zwei Straßen entfernt. Das hatten wir so ausgemacht. Ich bin sofort nach Hause gefahren."

„Hattest du Angst?"

„Angst nicht. Aber ich war erschrocken."

„Weshalb?"

„Wenn ein Mensch plötzlich stirbt, ganz in der Nähe ..."

„Seit wann hast du sie besucht?"

„Anfang Mai kam sie mit ihrem Mann und Freunden in die Pizzeria. Ich bin eigentlich Koch, aber manchmal helfe ich im Service aus, da hat sie mich gesehen. Am nächsten Abend kam sie allein, sie steckte mir ein kleines Kuvert zu."

„Eine Einladung?"

Gino errötete.

„Ja, eine Einladung, ob ich ... Ob ich sie privat besuchen wolle. Sie schrieb, ich sei hübsch, hübsch und sexy. Sie verspürte Lust auf mich und ..."

34

Er brach ab.

„Und?", fragte Falk ungerührt.

„Und ich wusste nicht, was ich tun sollte", wich Gino aus.

„Ich fand sie auch hübsch, ich fühlte mich geschmeichelt und war zugleich nervös. Am Mittwochabend habe ich immer frei. Sie wusste das. Sie hat mich am Gartentor erwartet, am hinteren Tor, das man vom Haus aus gar nicht sieht wegen der Garage und der Bäume."

„Hast du dich in sie verliebt?"

„Ja, ich liebe sie noch immer."

„Ist sie in dich verliebt?"

„Ich bin mir nicht sicher. Sie ist kein sehr offener Mensch."

Pflanzen neigen häufig zu einem verschlossenen Wesen.

„Bist du jeden Mittwoch zu ihr gegangen?"

„Ein paar Mal war sie verreist."

„Seid ihr manchmal ausgegangen?"

„Sie wollte das nicht."

Falk entnahm seinem Tonfall, dass Julia Weinstein in ihrer Beziehung von Beginn an für Klarheit gesorgt hatte.

„Habt ihr manchmal über ihren Mann gesprochen?"

„Nein. Ich wusste, dass er sich unten im Haus befand, das hat sie mir gesagt. Aber das Dampfbad – die Sternenkammer – das war allein ihr Reich, da kam niemand sonst hin."

Sternenkammer, das Innere des Diamanten, das gefiel Falk.

„Ist dir das nicht seltsam vorgekommen?"

„Doch, aber ich wollte sie sehen. Anders ging es eben nicht."

„Glaubst du, dass du ihr einziger Freund warst?"

Gino zögerte erstmals.

„Ganz sicher bin ich nicht."

Zum ersten Mal, seit er mit dieser sonderbar unaufgeregten, fast faden Affäre zu tun hatte, spürte Falk den Hauch jenes Unbekannten, vielleicht Gefährlichen, das stets das Tageslicht scheut und sein Geheimnis zu bewahren sucht.

„Weshalb bist du nicht sicher?"

„Im Sommer fand ich die Fenster einmal mit großen Handtüchern verhängt. Das kam sonst nie vor und es war doch ihr Reich. Als ich danach fragte, nahm sie sie nur weg und meinte, ich solle mir darüber nicht den Kopf zerbrechen. Aber danach wirkte sie ungeduldig, fast ärgerlich. Ich bin an dem Abend früher gegangen."

„Was hast du gedacht?"

„Dass sich jemand anderer im Raum aufgehalten hatte. Jemand, der auf keinen Fall gesehen werden wollte."

„Sieht man so leicht in die Sternenkammer?"

„Nein. Aber wenn das Licht eingeschaltet ist ... Es ist ja keine menschenleere Gegend, es gibt Nachbarn."

Falk erhob sich.

„Gut. Und jetzt sehen wir uns dein Auto an."

Gino war gänzlich verwirrt.

„Warum wollen Sie mein Auto sehen?"

„Weil ich mich selbst für so eines interessiere. Magst du einen Kaffee? Er ist nicht gerade gut. Lieber ein Cola?"

7

Zurückgekehrt in sein Büro, zog Falk den Bericht zu Rate und wählte die Nummer von Weinsteins Arzt. Nach zwei Minuten hatte er ihn in der Leitung. In seiner Stimme lag freundliches Interesse.

„Ein Chefinspektor der Kriminalpolizei befasst sich mit Weinsteins Tod?"

„Es geht nur um ein paar Informationen."

„Das heißt im Klartext, Sie glauben, es steckt mehr dahinter. Wie kommen Sie darauf, dass es kein Unfall war?"

„Ich weiß nicht, ob es sich um einen Unfall handelte oder nicht. Ich möchte es aber herausfinden."

„Untersuchung, Diagnose, Behandlung."

„Genau so, Doktor. Sie haben den roten Schal von der Stiege aufgehoben und über den Staubsauger im Keller gehängt?"

„Ja. Ich dachte, dass er vielleicht darüber gestolpert sei und wollte ein da capo vermeiden. Man sah ihn kaum, er hatte exakt den gleichen Farbton wie die Stufen."

„Gab es für Sie einen besonderen Grund zur Vermutung, dass der Schal den Sturz verursacht hatte?"

„Nein, er lag nur da."

„Sie waren mit Dr. Weinstein befreundet?"

„Ich kannte ihn seit 40 Jahren. Er lud mich regelmäßig zum Essen ein – seine Martha kocht fabelhaft – und ich revanchierte mich von Zeit zu Zeit mit einer Einladung in ein Restaurant, ich habe leider keine Martha."

„Sie sind als Hausarzt und Freund mit seinen persönlichen Lebensumständen vertraut?"

„Mehr oder weniger ja, wieso?"

„Nach seiner Operation litt Weinstein an Impotenz und er wollte seine junge Frau nicht verlieren. Wussten Sie, wie er das Problem löste?"

Die lebhafte Stimme des Arztes kühlte merklich ab.

„Ich wusste um seine Impotenz. Was Sie zusätzlich andeuten wollen, verstehe ich nicht."

37

„Wussten Sie von ihren Geliebten?"

„Definitiv nicht, Chefinspektor. Ich kann mir vorstellen, dass Sie solche Fragen stellen müssen, doch es macht mir Ihre Tätigkeit nicht sympathischer."

„Ich finde auch nichts Sympathisches daran, eine Prostata abzutasten, trotzdem ist es für eine korrekte Diagnose unumgänglich, wie ich vermute."

Der Arzt überlegte einen Moment und klang wieder versöhnlicher.

„Da mögen Sie Recht haben. Ich wollte Ihnen nicht zu nahe treten. Dennoch kann ich Ihnen nicht weiter helfen – und ich muss mich wieder meinen Patienten widmen."

„Nur eines noch: Weinstein trug einen Karton, als er stürzte. Haben Sie sich zufällig gemerkt, was sich darin befand?"

„Martha räumte gerade auf, als ich meinen toten Freund untersuchte. Sie erträgt es nicht, wenn Sachen herumliegen. An einen Schlittschuh kann ich mich erinnern."

„Danke Doktor, dann halte ich Sie nicht länger auf."

8

Die Glocke des Stadtpfarrturms schlug das Mittagsgeläut.
Falks Magen knurrte. Auf das Kantinenessen hatte er keine
Lust, umso weniger, seit auch dort striktes Rauchverbot
herrschte. Lacher war zu beschäftigt, um mitzukommen. Er
sah elend aus, aber das passiert den Skilehrern in den Tiroler
Kuhdörfern ja auch gelegentlich. Auf dem Weg zum Ausgang
traf Falk Inspektorin Lerchenfelder, die gerade in die Kantine
wollte.
„Essen wir etwas Vernünftiges", schlug er vor. „Ich lade Sie
ein."
Lerchenfelder, die auf jede Einladung reflexhaft ablehnend
reagierte, erwiderte scharf: „Sie müssen mich nicht einladen."
Dann fiel ihr ein, dass es sich um Falk handelte, um einen der
ganz wenigen Bullen, die sie mochte, und sie lächelte ein
bisschen schräg.
„Okay, Chefinspektor. Gehen wir."
Falk wusste, dass dieser ungestüme, weibliche Inspektor für
ihn durchs Feuer gehen würde, wenn er auch keine Ahnung
hatte, warum. Lerchenfelder war klein und stämmig, mit
kurzen Locken, wie sie manche Stiere auf der massigen Stirn
tragen. Auch das Temperament teilte sie mit den Stieren.
Standhaft bis zur Sturheit, immer bereit, zu rempeln und
anzuecken und wenn sie wirklich wütend wurde, was vorkam,
empfahl es sich dringend, Abstand zu halten. Andererseits
konnte sie gut zuhören, vorzugsweise Leuten, denen sonst
niemand zuhört. Sie kannte die Gescheiterten und
Gestrauchelten und die Jugendlichen auf der Straße, bei denen
es sich noch nicht entschieden hatte, welchen Weg sie nehmen
würden. Viele Kollegen vertraten die Ansicht, dass sie als
Streetworker besser eingesetzt wäre, doch Falk hielt sie für
eine gute Polizistin.
Sie gingen zum Kirchenwirt, wo sich zu Mittag viele Bullen
und Beamte versammelten, und bestellten das Tagesmenu.

Beim Kaffee zeigte er ihr die Kopie des anonymen Briefs und schilderte das Arrangement des Ehepaars Weinstein mit Gino. „Es wussten bestimmt nur ganz wenige Menschen davon. Ich frage mich, wie der Briefschreiber darauf gekommen ist."
„Vielleicht durch Gino selbst. So ein Bursche kann doch gar nicht anders, als damit angeben, wenn er ein Verhältnis mit einer älteren, verheirateten Frau hat. Noch dazu in der Sternenkammer einer noblen Villa. Was hat er gesagt?"
„Ich habe vergessen, ihn danach zu fragen", gestand Falk. „Ich habe mich für sein Auto interessiert."
„Lassen Sie mich ihn fragen. Die jungen Kerle schaffen es nie, in mir einen Bullen zu sehen. Nicht einmal, wenn ich eine Uniform trage, dann glauben sie, ich wäre verkleidet."
„Sie treffen ihn bestimmt in der Pizzeria. Er hat mir gesagt, er fährt gleich zur Arbeit. Rufen Sie mich an, nachdem Sie mit ihm gesprochen haben."
Auf dem Rückweg in die Buchengasse fragte er, „Glauben Sie, dass Schmutz blüht?"
„Das stammt doch sicher von Lacher."
„Woher wissen Sie das?"
„Er füttert nicht nur Sie mit seinen Halluzinationen. Verschwenden Sie nicht Ihre Zeit damit."
Falk registrierte ihre Wortwahl und fragte sich, ob Lerchenfelder den Ausdruck Halluzinationen bewusst gewählt hatte. Und falls ja, weshalb?

9

Um drei erhielt er den Anruf der Inspektorin.
„Natürlich hat er angegeben. Die Sache hat nur einen Haken."
„Welchen?"
„Er hat bei seinen italienischen Freunden angegeben. Die leben alle in einem Nest südlich von Rom und sprechen kein Wort Deutsch."
„Hier hat er dicht gehalten? Kein Wort zu den Kollegen?"
„Erste Frage: ja. Zweite: nein. Offenbar hat ihm seine Freundin ernste Konsequenzen angedroht, wenn auch nur eine Kleinigkeit durchsickert."
„Was für Konsequenzen?"
„Liebesstopp, Jobverlust, Behördenärger. Er glaubt, dass ihr Mann viel Einfluss hat, pardon, hatte."
„Da ist Gino nicht der Einzige."
Falk beschloss, wieder zu Fuß zu gehen. Er benutzte die Elisabethinenbrücke und schlenderte den Kanal entlang, wie schon ungezählte Male zuvor. Seit seiner frühesten Kindheit war ihm der schmale Fußweg neben der Böschung vertraut. Wie so oft um diese Jahreszeit, hatte sich erneut dichter Nebel über die Stadt gelegt. Den gekiesten Pfad bedeckte das nasse Laub der Kastanien, die Luft war getränkt mit Feuchtigkeit, die aneinander gereihten Stämme schimmerten schwarz und düster. Bei dieser Witterung zeigte sich kaum ein Mensch auf der Straße und jeder, der dem zehnjährigen Falk entgegen gekommen oder hinter ihm hergegangen war, hatte für ihn etwas Bedrohliches gehabt. Flüchtige Bedrohungen, die aus dem Grau tauchten und wieder verschwanden. Umso mehr, als bei dieser Wetterlage alle bedrückt wirkten, in sich verkapselt und feindselig gegenüber dem feindseligen Tag. Daran hatte sich bis heute nichts geändert. Er wechselte zum Gehsteig auf der anderen Straßenseite und betrachtete die Häuser rechts und links der Weinstein-Villa. Zäune und dichte Hecken trennten die Grundstücke, ihre hintere Begrenzung war im Nebel nicht auszumachen. Falk bog in eine

41

Seitenstraße und fand eine Sackgasse, die an mehreren Häusern vorbeiführte und vor einem breiten Tor endete. Hier gelangten die Lieferwägen auf das Grundstück der Weinsteins, um ihre Ladung direkt in den Keller zu transportieren – und durch das Türchen neben dem Tor schlüpften Gino und seine Vorgänger, um Frau Weinstein mit dem zu versorgen, worauf in Wirklichkeit niemand verzichten kann.

Er prüfte beide Eingänge und fand sie verschlossen. Auch hier wappnete sich der Zaun mit Eisenspitzen, doch wirkten sie nicht so bösartig wie jene an der Kanalseite, an der Hauptfront, gewissermaßen. Zudem handelte es sich um einen Maschendrahtzaun, der für einen halbwegs geübten Kletterer trotz der Spitzen kein Hindernis darstellte. Es war der weiche Bauch des Anwesens, der sich an dieser Stelle einem möglichen Angreifer bot.

Langsam machte Falk sich auf den Rückweg. Ein vertrautes Geräusch, das vom Nachbargrundstück kam, ließ ihn innehalten. Ein Knall, nicht laut, mit einem unmittelbar darauf folgenden hellen Klack. Er stand eine gute Weile still und horchte. Das Geräusch wiederholte sich mehrmals in nicht ganz regelmäßigen Abständen, dann folgte eine Pause, bevor eine neue Serie einsetzte. Falk erkannte Geräusch und Rhythmus, er sah sich selbst als Kind mit dem Luftgewehr üben. Ungefähr zehn Schüsse auf die Scheibe, immer kurz vom Nachladen unterbrochen, dann der Weg zur Scheibe, rasche Prüfung, Auswechseln, nächster Durchgang. Je besser man schoss, desto öfter musste man wechseln, weil die Kugeln sonst ein einziges, großes Loch im Zentrum hinterließen und man die einzelnen Treffer nicht mehr unterscheiden konnte.

Er trat an den Zaun und spähte durch den Nebel. Etwa ein Dutzend Meter entfernt stand ein groß gewachsener Junge neben einem Tisch und zielte in Richtung eines rundum verplankten Verschlags. Der Schütze konzentrierte sich so auf seine Aufgabe, dass er den Beobachter nicht bemerkte.

Nachdem er eine Serie beendet und die Waffe abgelegt hatte, fragte Falk laut: „Na, wie läuft's?"

Der Junge sah zu ihm und zögerte einen Moment. Dann nahm er ein paar Scheiben vom Tisch und kam zum Zaun.

„Ganz gut. Sehen Sie."

Tatsächlich fand sich auf den Kartons nur ein einziges Loch knapp außerhalb des Zehnerrings. Zwölfer und Elfer waren von den Einschüssen jeweils regelrecht zerfetzt.

„Sogar sehr gut, würde ich sagen."

„Schießen Sie selbst?"

„Ich bin von Berufs wegen regelmäßig auf dem Schießstand." Der Junge mochte 15 Jahre alt sein und war bereits einen guten Kopf größer als Falk, dazu dünn wie ein zu rasch gewachsener Spargel.

„Sind Sie beim Bundesheer?"

„Nein, bei der Polizei."

„Haben Sie eine Dienstwaffe dabei?"

Falk zog seine Pistole und zeigte sie ihm. Er merkte, wie die Augen des Jungen aufleuchteten.

„Willst du sie einmal halten?"

„Ja, bitte."

Der Chefinspektor nahm das Magazin aus der Waffe, vergewisserte sich, dass keine Patrone im Lauf steckte und reichte sie über den Zaun. Mit Andacht wurde sie entgegen genommen, gewogen, hin und her gedreht, in Anschlag gebracht und schließlich zurück gegeben.

„So eine hätte ich auch gerne. Ich habe aber schon mit Jagdgewehren geschossen."

„Nimmt dein Vater dich mit auf die Jagd?"

„Ja, ich habe schon drei eigene Trophäen."

Er überlegte kurz.

„Wollen Sie sie sehen?"

„Wenn es dir nichts ausmacht."

„Warten Sie."

Linkisch lief er zum Haus, bückte sich, kehrte zurück und sperrte die schmale Tür auf, die sich wie bei den Nachbarn

43

neben einem Einfahrtstor befand. Durch den Hintereingang betraten sie das Haus. Auch dieses eine gediegene, zweistöckige Villa aus der Gründerzeit und, wie Falk schätzte, noch um einiges größer als jene der Weinsteins. Der Junge führte ihn über ein paar Stufen in eine Eingangshalle, die von einem mächtigen Kronleuchter erhellt wurde. Von hier weiter über eine Treppe durch einen Gang bis in ein Zimmer an der rechten Seite. Ein modern eingerichteter Schlaf- und Arbeitsraum, ein Teil davon gefüllt mit Elektronik, PC, Fernseher, Playstation, Kompaktanlage, mit allem, was Jugendliche als lebensnotwendig erachten, sofern ihre Eltern es sich leisten können. In der gegenüber liegenden Ecke ein ganz anderes Bild: Zwei Poster, fast schon Plakate mit Motiven wie aus einer anderen Zeit. Eines zeigte den Jungen im Jägergewand, mit angelegtem Gewehr, wohin er zielte blieb ungewiss. Falk erinnerte es an alte Stiche von Jagd- und Wildererszenen, wie sie im 19. Jahrhundert weit verbreitet gewesen waren. Das zweite eine Naturaufnahme, ein lichter Fichtenwald mit hoch aufragenden Stämmen, im Hintergrund ein schroffer Berggipfel, der Himmel verziert mit rötlichen Wolkenstreifen. Darüber, quasi als Krönung, drei Trophäen, ziemlich bescheidene, wie Falk dachte, doch offensichtlich der ganze Stolz ihres Besitzers.
„Gefällt mir gut. Du bist mit Feuer und Flamme dabei, nicht wahr?"
Der Junge strahlte. Falk schlenderte zum Fenster, konnte sich aber nicht orientieren, einerseits wegen des Nebels, andererseits wegen der Äste einer mächtigen Tanne.
„Siehst du von hier auf die Lend, ich meine, wenn man etwas sieht?"
„Nein, die liegt gegenüber."
„Also Richtung Kreuzbergl."
„Ja."
Das schloss eine Sichtverbindung in die Sternenkammer aus. Die Zimmertür öffnete sich und eine Frau trat ein. Um die vierzig, sehr attraktiv, halblange, blonde Frisur, in einem

eleganten Kostüm mit kurzem Rock und halbhohen Schuhen. Dafür, dass sie ihren Sohn im eigenen Haus mit einem wildfremden Mann antraf, hielt sie sich großartig. Sie lächelte Falk zu und bemerkte in Richtung des Jungen, „Willst du mir den Herrn nicht vorstellen, Kurt?"

Der wurde rot, weil er dazu nicht in der Lage war.

„Ich bin Chefinspektor Falk von der Kriminalpolizei. Aber machen Sie sich bitte keine Sorgen. Ich habe Kurt beim Schießen beobachtet, wir sind ins Gespräch gekommen und da hat er mich eingeladen, seine Jagdtrophäen anzusehen. Er kennt sich für sein Alter sehr gut mit Waffen aus. Und er kann damit auch umgehen."

Die Eröffnung, dass der Fremde in ihrem Haus ein Bulle war, beeindruckte sie in keiner Weise. Mit unverändert liebenswürdigem Lächeln reichte sie ihm die Hand.

„Freut mich, Sie kennen zu lernen. Ich bin Karin Stippach. Für meinen Geschmack kann er schon zu gut damit umgehen. Zum Glück hat er noch andere Interessen. Davon hast du dem Herrn Chefinspektor wahrscheinlich nichts erzählt?"

Kurt empfand die Wendung, die das Gespräch nahm, sichtlich als unangenehm. Er schwieg. Seine Mutter wandte sich wieder Falk zu.

„Er ist auch sehr an Astronomie interessiert. Sein Vater hat ihm sogar ein kleines Observatorium unter dem Dach eingerichtet. Ich hielt das für übertrieben, aber ..."

Sie machte eine entschuldigende Geste.

„Ich bin selbst ein begeisterter Astronom", log Falk. „Das muss ich unbedingt sehen."

Frau Stippach freute sich, dass sie ihren Sohn aus der Ecke des jugendlichen Waffennarren heraus geholt hatte.

„Mach' schon, Kurt. Ich gehe in die Küche und stelle Kaffee auf. Sie trinken doch bestimmt eine Tasse mit uns?"

„Sehr gerne, vielen Dank."

Kurts Mutter verließ das Zimmer, ohne zu ahnen, in welchem Dilemma ihr Sohn plötzlich steckte.

„Gehen wir", sagte Falk. Sein Tonfall klang entschiedener als vorhin. Der Junge merkte es und setzte sich ohne ein weiteres Wort in Bewegung. Den Gang zurück, eine weitere, steile Treppe hinauf, noch eine Tür. Kurt wollte gleich voraus eilen, doch Falks scharfes „Halt!" ließ ihn erstarren. Es bedurfte keiner astronomischen Kenntnisse, um zu erkennen, dass das Teleskop nicht auf den Himmel gerichtet war.

„Öffne das Dach."

Mit plötzlich langsamen, trägen Bewegungen ging der Junge zu einer kleinen Schalttafel und drückte auf einen Knopf, lautlos glitt das Dach zur Seite. Falk blickte durchs Okular und erkannte trotz des Nebels das dunkle Fenster des Nachbarhauses. Das Observatorium war klein, bot aber Platz für einen Tisch und drei Hocker. Kurt blickte mit gesenktem Kopf zu Boden, die Schultern abgesackt, die langen Arme wie nutzlos an den Seiten herabbaumelnd.

„Setz' dich und sieh mich an."

Kurts Augen füllten sich schon mit Tränen. Falk setzte sich auf den Hocker ihm gegenüber.

„Du hast deine Nachbarin beobachtet?"

Nicken.

„Mit Gino?"

Neuerliches Nicken.

„Woher kennst du seinen Namen?"

Kurt schluckte schwer, seine Stimme klang höher als vorhin, die zum Zerreißen gespannten Nerven machten den Stimmbruch rückgängig.

„Ich bin ihm einmal mit dem Moped gefolgt. Er fuhr in eine Pizzeria. Ich bin auch rein, jemand hat ihn laut begrüßt."

„Warum hast du das gemacht? Hat es dir nicht gereicht, ihnen zuzusehen?"

Nun begannen die Tränen zu fließen.

„Ich wollte ..."

Er konnte es nicht sagen.

„Du wolltest sie auch besuchen?"

Nicken.

„Hast du sie einmal angesprochen?"

Nicken.

„Und?"

„Sie hat mich ignoriert, als ob ich Luft wäre."

„Hast du ihr gedroht?"

Heftiges Kopfschütteln.

„Du wolltest dich rächen und hast den Brief ans LKA geschickt. Deshalb warst du auch nicht überrascht, dass ein Kriminalbeamter in eurer Gasse auftaucht. Vielleicht hast du sogar gedacht, dass du ihm ein paar Informationen entlocken kannst, wie?"

Der Junge schluchzte vor sich hin. Falk wartete einige Minuten. Dann stand er auf und drehte das Teleskop nach oben. Kurts Tränen versiegten.

„Weißt du, was ein Deal ist?"

„Ja."

„Wir können einen Deal machen. Du beantwortest mir jede Frage, ohne etwas zu verschweigen, das ist dein Teil. Ich äußere mich nicht zu deinen Beobachtungen, das ist mein Teil. Was hältst du davon?"

„Sie würden meinen Eltern nichts sagen?"

„Nein."

„Frau Weinstein auch nicht?"

„Sie ist eine erwachsene Frau. Wenn Sie keinen Sichtschutz verwendet, ist das ihre Sache."

„Und der Brief?"

„Den lass meine Sorge sein, also?"

„Was wollen Sie wissen?"

„Ist Gino immer am gleichen Tag gekommen?"

„Ja, am Mittwoch."

„Keine Ausnahmen?"

„Nein."

„Was war an den anderen Tagen?"

„Manchmal hat sie sich alleine auf den Tisch gelegt."

„Hast du jemals einen anderen Mann oder überhaupt eine andere Person gesehen?"

47

„Nein, nie."

„Seit wann beobachtest du sie?"

„Ich habe das Observatorium zu meinem Geburtstag bekommen, am 4. Juli. Es hat nur zwei oder drei Tage gedauert bis ich merkte, was gegenüber läuft."

„War das Fenster manchmal abgedeckt?"

„Dreimal, vielleicht viermal."

„Was hast du dir dabei gedacht?"

„Zuerst hatte ich Angst, dass sie mich entdeckt habe, aber es ist nichts passiert, da machte ich mir keine Sorgen mehr."

Falk sah ihn prüfend an.

„Bist du wieder halbwegs in Ordnung?"

„Ja."

„Dann können wir jetzt Kaffee trinken."

Beide standen auf.

„Warte. Hast du Fotos gemacht?"

Der Junge lief wieder rot an.

„Wollen Sie sie sehen?"

„Nein, aber du vernichtest sie noch heute, das gehört auch zum Deal."

„Geht klar. Und danke."

Minuten später saß Falk neben Kurt auf einer klobigen Ledercouch und trank starken Espresso aus einem winzigen Tässchen. Die freundliche Frau Stippach schenkte ein ums andere Mal nach und er trank viel zu viel, weil er an die dünne Brühe aus dem Automaten dachte, die ihn im Büro erwartete. Sie plauderte über dies und das, als hätte sie es mit einem alten Vertrauten zu tun und nicht mit einem Kriminalpolizisten, der wie aus heiterem Himmel in ihr Haus geschneit war. Schließlich fragte er:

„Haben Sie Herrn Weinstein gut gekannt?"

„Nein, wir grüßten uns freundlich, mehr nicht."

„Gab es dafür einen besonderen Grund?"

Sie überlegte.

„Er hatte seinen Freundeskreis und wir haben unseren. Da gab es keine Überschneidungen."

„Ist das nicht seltsam?"
„Das Haus, in dem er lebte, hat sein Vater oder Großvater
gebaut. Wir sind erst vor ein paar Jahren eingezogen, dazu der
Altersunterschied ..."
„Frau Weinstein ist jung."
Sie lächelte.
„Fast schon zu jung. Ich habe sie einmal zum Tee eingeladen.
Ihr Besuch gestaltete sich mühsam, für uns beide. Sie ist
verschlossen, oder einfach desinteressiert, ich weiß es nicht.
Wir haben uns danach wieder aufs Grüßen beschränkt."
Und nun wagte sie doch noch den Vorstoß.
„Sind Sie wegen seines Unfalls gekommen?"
Er nickte und sie atmete tief durch.
„Ich dachte schon, es sei wegen Kurt, weil er dauernd mit dem
Luftdruckgewehr übt und sich vielleicht jemand dadurch
gestört fühlte."
„Das mit Kurt war reiner Zufall, wir haben uns einfach
unterhalten."
Der Junge blickte auf seine Tasse und zog es vor zu
schweigen. Falk verabschiedete sich und stapfte durch
Dämmerung, Nebel und nasses Kastanienlaub in die
Buchengasse zurück.

10

Lacher verhörte gerade einen Mann, der aus dem Nachtlokal geworfen worden war, wenige Minuten bevor das Opfer des letzten Überfalls es verlassen hatte. Er stand nicht unter Verdacht, aber vielleicht hatte er etwas Verdächtiges bemerkt. Es zeichnete sich rasch ab, dass dabei nichts herauskommen würde, denn die Erinnerung des Zeugen endete alkoholbedingt schon um Mitternacht – also drei Stunden zu früh – und die Hoffnung, dass die fehlenden Stunden wiederkehrten, schien gering. Sie schickten ihn nach Hause. Falk machte mit Lacher dasselbe und fuhr dann mit seinem eigenen Wagen heim, der schon seit mehreren Tagen auf dem Parkplatz im Hof gestanden hatte.

Er klopfte an die Tür des Blockhauses und trat ein, ohne eine Antwort abzuwarten. Sein Schwiegervater saß an dem großen, rohen Holztisch, der den Wohnraum dominierte, und blätterte in einem Werkzeugkatalog. Vor ihm stand eine Flasche Wein und ein Glas.

„Nimm' dir auch eines", brummte er statt einer Begrüßung. „Eigentlich wollte ich nur eine Säge bestellen, aber hier gibt es 50 Seiten voll mit Sägen. Kannst du mir einen Tipp geben?"

Falk war nahe daran zu sagen, er solle doch wie immer den Tischler rufen, doch das hätte unabsehbare Verwerfungen nach sich gezogen. Vor zwei Jahren hatte Monikas Vater von einem Tag auf den anderen beschlossen, dass er nicht mehr in dem Haus leben wollte, das er mit seiner Frau gebaut hatte, 15 Jahre bevor sie ihn mit einem Klienten verließ. Er brauche Erde unter seinen Füßen und echtes Holz rundum und vor allem: Er müsse diese Höhle – denn nach mehr verlange ihn nicht – mit seiner eigenen Hände Kraft und Geschicklichkeit errichten. Es kristallisierte sich rasch heraus, dass die Erde unter den Füßen natürlich elektrisch beheizt sein wollte und zudem mit sündhaft teurer Terrakotta bedeckt. Ein Teil der Erde wurde ohnedies entfernt, weil auch eine Wohnhöhle schließlich einen Weinkeller benötigt. Ähnliche Argumente führten dazu, dass die Höhle sich zuletzt zu einem sehr ansehnlichen und komfortablen Holzhaus entwickelte, ausgestattet mit einigen spartanischen Details wie beispielsweise dem rohen Holztisch – aus massiver, polierter Kirsche gefertigt, aber gerade wegen des rötlichen Schimmers doch sehr roh. Als besonders preistreibend erwies sich, dass der Bauherr alle Arbeiten mit eigenen Händen begann. Zum einen verursachte die Reparatur dieser Versuche erheblichen Mehraufwand für die Fachleute, zum anderen erwies es sich für Falk und seine Frau als schwierig, Handwerker mit dem nötigen Feingefühl aufzutreiben. Schließlich mussten sie nicht nur ihre Arbeit tun – unter ständiger Bevormundung durch den Bauherrn – sondern diesen auch noch für das Ergebnis dieser Arbeit loben und ihren eigenen Anteil daran, also so gut wie alles, unter den Tisch fallen lassen. Das erforderte große soziale und psychologische Kompetenz, die sie sich entsprechend entlohnen ließen.

Falk blätterte einige Seiten des Katalogs durch und deutete endlich auf ein Modell, auf dessen spezielle Funktion er nicht achtete, das ihm aber vergleichsweise harmlos erschien. Sein Schwiegervater meinte, dass er genau daran auch gedacht habe. Damit war die Sache erledigt. Eine Weile nippten sie schweigend am Wein. Schließlich sagte der Ältere nebenhin:

„Du hast doch mit dem Weinstein-Fall zu tun."

„Das hat sich bis zu dir durchgesprochen?"

„Ich habe noch etliche Kontakte. Manche Leute sind reichlich neugierig."

„Warum eigentlich?"

„Es handelt sich um eine weit verzweigte Familie mit großem Zusammenhalt. Vor zwei, drei Generationen besaß sie noch über 100 Häuser in Klagenfurt. Stattliche Häuser in zentraler Lage. Das hat sich geändert, aber der Zusammenhalt ist geblieben. Jetzt bilden sie innerhalb der großen Netzwerke so etwas wie ein eigenes Familiennetzwerk. Sie stellen eine

Menge Akademiker, Ärzte, Anwälte, Notare, Professoren, Richter, hohe Beamte ..."

Falk dachte an Oberst Prettners Worte.

„Die Familie hat viel Einfluss."

„Kann man sagen. Hast du etwas erreicht?"

„Bis jetzt bin ich niemandem begegnet, dem der Anzug des heimtückischen Verschwörers und Mörders passen würde. Nicht einmal annähernd. Die Ehefrau profitiert, aber wenn du sie kennen würdest ..."

Er fing den Blick seines Schwiegervaters auf.

„Du kennst sie!"

„Ich war zur Hochzeit eingeladen. Und drei- oder viermal in ihrem Haus."

Falks Lachen enthielt einige Häme.

„Der aufrechte Unabhängige, der die Verpflichtungen der Gesellschaft meidet und scheut."

„Als freiberuflicher Anwalt muss man die Gesellschaft nicht mögen, mein Lieber, man braucht sie."

„Und in diesen Sumpf wolltest du mich ziehen", sagte Falk.

„Ich bezweifle, dass es in deinem Biotop besser riecht. Was ist mit dem Brief?"

„Das weißt du auch? Ich habe wirklich einen kommunikativen Chef."

Der Ältere grinste und schenkte Wein nach.

„Also?"

„Ein dummer Streich ohne Bezug zu Weinsteins Unfall."

„Dann bleibt nicht viel."

„Nein."

Die Fenster der Sternenkammer, die manchmal verhängt wurden, behielt Falk für sich. Vorwiegend aus beruflicher Selbstachtung, wie er vermutete.

Sie spielten eine Partie Schach und tranken dazu eine zweite Flasche Wein. Dann wechselte er das Haus.

Monika lag bereits im Bett und korrigierte mit fliegender Hand Mathematikarbeiten. Sie unterrichtete eine ungewöhnliche Fächerkombination. Zu Biologie und

Geschichte kam am Tag ihrer Einstellung Mathematik hinzu.
Der Vertreter der Schulbehörde, einer in Österreich
hochgradig politisierten und bürokratischen Einrichtung, hatte
ihr mit größter Aufrichtigkeit eröffnet, dass sie den Posten
unter zwei Voraussetzungen am nächsten Tag antreten könne.
„Ohne Parteibuch geht es nicht. Und statt Bio und Geschichte,
bekommen Sie Bio und Mathematik."
„Ich bin keine Mathematikerin."
Aufrichtiges Schulterzucken.
„Wir brauchen Bio und Mathematik, und zwar ab morgen."
„Ich habe keinen Tag lang Mathematik studiert."
„Vielleicht nicht gerade Mathematik, aber Sie haben studiert.
Es gibt ja auch Lehrbücher. Also?"
In ihrer Naivität musste sie ihn sogar fragen, welches
Parteibuch denn wohl das passende sei. Er erteilte die
Auskunft ohne jegliche Irritation. Für ihn bedeuteten solche
Gespräche Alltag, nicht Aberwitz. Das lag 20 Jahre zurück
und, seltsam genug: mittlerweile hatte sich Mathematik zu
ihrem Lieblingsfach entwickelt.
Seit einiger Zeit trug sie eine Brille, die ihr ein ernsthaftes,
fast strenges Aussehen verlieh. Sie tauschten ein Lächeln. Als
er aus dem Bad kam und sich neben ihr ausstreckte, las sie
noch immer. Er dachte wieder an Antonia, die sich, wie
befürchtet, nicht weit zurückgezogen hatte. Doch nur in
seinen Gedanken. In der Wirklichkeit hörte er schon lange
nichts mehr von ihr. Seine Frau legte ihre Lektüre zur Seite
und schaltete das Licht aus, ihr Fuß schlüpfte unter seine
Decke und strich an seinem Schenkel hoch. Er umfasste ihn
und begann, ihre Lieblingspunkte auf Sohle und Knöcheln zu
streicheln. Welche Lieblingspunkte hatte Antonia? Falk
schloss die Augen. Machte sie gerade Liebe mit ihrem neuen
Freund? Gut möglich. Dachte sie dabei auch an ihn? Nein,
bestimmt nicht.

11

Den nächsten Morgen dominierten wieder Nebel und düsteres Grau. Samstag vor Allerheiligen, zwei Tage dienstfrei. Monika stand früh auf. Er blieb länger liegen als sonst und fragte sich, ob er gerade in eine persönliche Krise taumelte. Schon von Kind an hatte sich ihm sein Innenleben in Bildern präsentiert. In kleinen und großen Landschaften, die auf irgendeine geheimnisvolle Weise seinen Ist-Zustand ausdrückten. In seinen frühesten Erinnerungen als dünne Rinnsale auf abschüssigen Wegen, Rinnsale, die sich durch die oberste, lockere Schicht auf hartem Untergrund schlängelten, denen schon ein Kieselstein oder eine Tannennadel genug Hindernis bedeuteten, um umflossen zu werden. Später als glitzernder, plätschernder Gebirgsbach zwischen Blumen und Steinen, als schmaler, reißender Fluss oder auch als breiter Strom, als glatter See zwischen Wäldern und Bergen oder als sumpfige, überschwemmte Wiese, als Auenlandschaft oder Meeresküste und zwischendurch auch als Wolken- und Nebelfelder oder grenzenloser Ozean in tiefster Dunkelheit. Er konnte nicht sagen, wann die sandig-steinige Wüste begonnen hatte, sich gegen die Vielfalt des Wassers zu erheben. Vielleicht, weil es lange Phasen in seinem Leben gab, in denen er die Bilder gar nicht beachtete, gar nicht mehr an sie dachte. Dann tauchten sie plötzlich wieder auf und es zeigte sich eindeutig, dass die Wüste darin zunahm. Was würde sein, wenn nur noch Wüste blieb? Sollte er melancholisch werden?
Er hatte den ganzen Tag keine Lust, etwas zu unternehmen, und schleppte sich zwischen Bett, Bad, Küche und Fernseher hin und her. Zum Abendessen hatte Monika ihren Vater eingeladen, was Falk wenigstens dazu zwang, sich anzukleiden. Später begleitete er seinen Schwiegervater ins Blockhaus zu Schach und Wein. Niemand wusste warum, aber dort spielte es sich einfach besser als anderswo, die Züge gerieten inspirierter, die Gedanken beweglicher. Genau

genommen wusste einer es natürlich: der Schwiegervater. Es sei die nackte Erde unter den Füßen, was sonst? Langsam begann Falk, selbst daran zu glauben, Terrakotta und Fußbodenheizung hin oder her. Und im Übrigen: was machte es schon?

Der Sonntag zeigte sich von seiner besten Seite. Es schien, als ob die Sonne noch einmal all ihre sommerliche Kraft beweisen wollte und das gelang ihr gut, bis auf jene Momente, in denen der Wind kurz auffrischte und mit jedem Stoß reihenweise bunte Blätter von den Bäumen fegte, während die Übermütigen, die an diesem schönen Allerheiligentag mit kurzen Ärmeln zum Friedhof spazierten, erschauerten. Auch die nicht ganz aufgelösten Nebelseen über den engen Tälern und die blendend weißen Schneefelder auf den höheren Bergen ließen keinen Zweifel daran, dass der Winter jederzeit bis ins Tal hereinbrechen konnte.

Falk und seine Frau erledigten die obligatorischen Gräberbesuche und machten dann einen Ausflug. Es gehörte zum Ritual, wie es sich zu bestimmten Anlässen in vielen Familien einbürgert: Essen in einem Landgasthaus, Spaziergang mit dem Hund, Heimfahrt, Mehlspeise und Kaffee mit dem Schwiegervater. Anschließend führte Monika ihre Sonntagstelefonate mit den Kindern, ein kurzes mit Anton, der in Rom ein Auslandssemester absolvierte, ein langes mit Maria, die in Wien arbeitete. Falk langweilte sich vor dem Fernseher und ging früh zu Bett.

12

Er rasierte sich gerade, als sein Handy läutete. Inspektor Prüller meldete sich.

„Guten Morgen, Chefinspektor. Gestern kurz vor Mitternacht wurde eine Frau in der Nähe von Annabichl von einem Zug erfasst und getötet. Um wen, glauben Sie, handelt es sich?"

„Kein Quizz um diese Tageszeit, Prüller."

„Um Frau Weinstein."

Falk merkte, wie sich sein Puls beschleunigte und seine Stimme lauter wurde.

„Vor mehr als sieben Stunden? Und ich erfahre es erst jetzt?"

„Sie wurde erst jetzt identifiziert. Beim Anprall wurde Ihre Tasche weggeschleudert, man hat sie bei Tagesanbruch zwischen den Sträuchern gefunden."

„Schicken Sie die Kriminaltechnik nach Annabichl. Die sollen sichern, was noch zu sichern ist. Wo ist die Tasche?"

„Auf meinem Schreibtisch."

„Dann legen Sie sie auf meinen. Ich bin in ein paar Minuten im Haus."

Er schaffte es in einer Viertelstunde. Die Tasche und der Inspektor erwarteten ihn.

„Ist der Inhalt komplett?"

„Soviel ich weiß, ja. Die Brieftasche wurde nach der Identifizierung wieder zurückgelegt."

„Stellen Sie fest, wer sie seit heute Morgen angefasst hat."

Prüller wirkte unentschlossen, als ob er noch auf etwas wartete.

„Jetzt gleich."

Mit einem tiefen Atemzug, der seine Unzufriedenheit verkündete, wandte sich der Inspektor ab. Falk fühlte sich nicht in der Stimmung, die Befindlichkeit seines Untergebenen zu ergründen. Er holte ein paar Plastikhandschuhe aus dem Schreibtisch und widmete sich dem Tascheninhalt. In einem Lederetui steckte ihr

Führerschein. Er betrachtete das Foto mit den leicht nach unten gezogenen Mundwinkeln und griff zum Telefon.

„In welchem Zustand ist das Gesicht der Leiche? Was heißt halbwegs gut erhalten? Habt ihr sie mit dem Ausweis verglichen? Nein? Ich faxe euch eine Kopie. Ruft gleich zurück."

Wenige Minuten später stand fest, dass der Schein mit großer Wahrscheinlichkeit der Toten gehörte.

Falk wählte Marthas Handynummer. Die Haushälterin hatte die Nacht bei ihrer Schwester in Villach verbracht und befand sich gerade auf dem Rückweg.

„Ist etwas passiert, Herr Kommissar?"

„Das ist zu befürchten."

Martha schluchzte auf, als sie die Nachricht vernahm.

Der Chefinspektor machte sich auf den Weg in die Pathologie. Dr. Neuner, der zwei Meter große Arzt mit der roten Löwenmähne, führte ihn zur verstümmelten Leiche. Ein Arm und ein Bein waren abgetrennt worden, der Kopf und ein Teil des Gesichts durch den Aufprall zerschmettert, dennoch konnte Falk die Tote zweifelsfrei identifizieren.

„Waren Alkohol oder Drogen im Spiel?"

„Nein. Für mich sieht es aus wie Unfall oder Selbstmord. Wobei Frauen üblicherweise sanftere Methoden wählen."

„Haben Sie auf Spuren vorheriger Gewalt geachtet, ich meine, bevor sie von der Lokomotive erfasst wurde?"

„Spuren länger zurück liegender Verletzungen weist sie nicht auf."

„Und unmittelbar vorher zugefügte?"

„Etwa, um sie vor den Zug zu stoßen?"

Falk nickte.

„Sie haben den Körper gesehen. Fesselmale ließen sich wohl erkennen. Es ist aber unmöglich, einen Schlag, den sie unmittelbar vorher erhalten hat, von dem zu unterscheiden, was danach mit ihr passiert ist. Haben Sie einen Verdacht?"

„Ich habe letzte Woche mit ihr gesprochen. Sie war verschlossen, beinahe mürrisch. Doch sie sah einer finanziell abgesicherten Zukunft entgegen, auf die sie sich zu freuen schien."

„Vielleicht eine momentan einsetzende Depression ..."

Falk konnte sich einen depressiven Philodendron beim besten Willen nicht vorstellen, hielt es allerdings für taktlos, das an diesem Ort auszusprechen.

„Danke, Doktor."

Dr. Neuner, der trotz seiner wilden äußeren Erscheinung und seines Berufs ein umgänglicher Mann war, begleitete ihn mit raumgreifenden, wiegenden Schritten bis zur Tür und wünschte ihm einen guten Tag.

13___

Im LKA fuhr Falk mit der Untersuchung der Tasche fort, einem dieser großen, weitgehend unförmigen Beutel, die fast einen Koffer ersetzen. Monika hätte sie bestimmt gefallen, sie besaß ähnliche. Neben dem Hauptfach, in dem tausend mehr oder minder nützliche Dinge bunt gemischt hin und her schwappten wie Strandgut in der Brandung, verfügte sie über mehrere Nebenfächer, teils mit, teils ohne Druckknopf oder Reißverschluss. In einem davon steckte ein Blatt Papier, säuberlich in der Mitte gefaltet und zusammen gelegt. Es sah nicht so aus, als ob es schon jemand heraus gezogen hätte. Er öffnete es. Wenige Zeilen standen darauf, offenbar mit einem PC geschrieben und ausgedruckt. Auch die Unterschrift.

Ich dachte, es würde mir nichts ausmachen, wenn ich erst frei bin. Aber jetzt kann ich mit meiner Schuld nicht weiterleben. Armer Richard, verzeih mir.
Julia Weinstein

Falk las die Nachricht mehrere Male. Dann ging er mit dem Blatt zur Kriminaltechnik.
„Seht es euch genau an. Wenn das ein authentischer Abschiedsbrief ist, müssten Abdrücke zu finden sein, aber nur von einer Person, von der Verfasserin."
„Haben wir einen Vergleich?"
„Ja."
„Wo?"
„In der Pathologie."
Falk erkundigte sich, wo die Spurensicherung arbeitete und fuhr hin. Der Ort der Tragödie, denn eine Tragödie war es, was oder wer auch immer für sie verantwortlich gewesen sein mochte, lag noch innerhalb des Stadtgebiets. Die Gleise der Südbahn verliefen dort parallel zur Ausfallstraße, von ihr getrennt durch eine unerschlossene Brache, bewachsen mit wild wuchernden Sträuchern und Gestrüpp. Ein Fußweg

führte neben den Schienen entlang. Jetzt war das Gelände abgesperrt, in einiger Entfernung von einem Dutzend anderer Autos standen zwei Einsatzfahrzeuge auf einem ungepflegten, breiten Parkplatz, mehrere Personen bewegten sich langsam durchs Gelände.

Falk näherte sich ihnen und fragte: „Wo ist es genau passiert?"

Einer der Spezialisten deutete auf eine Ansammlung dunkler Flecken, die auf Schwellen und Kies schimmerten.

„Ein trister Ort zum Sterben", bemerkte Falk, dem die Umgebung und das trübe Novemberwetter die Stimmung noch weiter verdüsterten.

„Sterben ist meistens trist", erwiderte der Forensiker trocken.

„Habt ihr schon was gefunden?"

„Einiges. Ich weiß nicht warum, aber hier werfen viele Leute eine Menge Dinge weg. Was treiben die überhaupt da?"

„Keine Ahnung. Welche Dinge?"

„Getränkedosen, Kugelschreiber, Flaschen, Socken, Kekspackungen, Schokoladepapier, ein paar Spielkarten, Zigarettenstummel, Zigarettenpackungen, Parkscheine ..."

„Gegenüber vom Parkplatz steht ein Gasthaus. Vielleicht nützt mancher Gast die Gelegenheit, um sein Auto auszumisten."

„Guter Ansatz", gab der Beamte zu. „Aber was suchen wir eigentlich, Umweltferkel?"

Falk wusste es selbst nicht.

„Wo wurde die Tasche gefunden?"

„Mitten im Gestrüpp, mehr als 20 Meter von der eigentlichen Unfallstelle entfernt."

Der Chefinspektor entdeckte Inspektor Mörtl, der den Einsatz leitete und ging zu ihm.

„Könnte man sie vor den Zug gestoßen haben?"

„Wenn sie arglos war und der Täter ein gutes Timing hatte."

„Sie müssten ungefähr hier gestanden sein."

„Keine schlechte Stelle. Sowohl für den Lokführer als auch von der Straße her kaum einsehbar. Aber es sind seit letzter

60

Nacht wer weiß wie viele Personen herum getrampelt. Eine Visitenkarte hat der Mörder nicht verloren – wenn es ihn gibt."

„Wie mag sie hergekommen sein? Zu Fuß wohl nicht, noch dazu mitten in der Nacht."

Falks Blick richtete sich auf die abgestellten Wagen, die auf dem Parkplatz gegenüber dem Gasthaus standen.

„Machen Sie es möglichst gründlich. Ich erkundige mich, was für ein Auto sie fuhr."

Es war der Van ganz außen, alle Türen versperrt, nichts Ungewöhnliches im Innenraum zu erkennen. Der Leiter der Spurensicherung veranlasste, dass der Wagen abgeschleppt und zur genauen Untersuchung in die Werkstatt gebracht wurde. Falk überquerte die stark befahrene Straße und betrat das Gasthaus.

Die Gaststube zog sich schmal und lang hin, die Einrichtung stammte aus den Fünfzigern. Mehrere Tische waren besetzt, manche der Gäste aßen, es roch nach Gulasch. Falk setzte sich. Gleich eilte eine junge Kellnerin herbei und wollte ihm eine Karte reichen. Er wehrte ab.

„Ich nehme ein kleines Gulasch und ein Bier."

„Klein oder groß?"

„Groß."

Er hatte sich kaum umgesehen, da stand seine Bestellung schon auf dem Tisch. Ein typisches Lokal für Vertreter, Arbeiter und Handwerker, die einen Imbiss einnehmen wollen. Einfache, herzhafte, preiswerte Gerichte und vor allem schnelle Bedienung, denn alle, die hier einkehrten, hatten es eilig. Das Gebäck zum Gulasch schmeckte frisch und knusprig wie direkt aus der Bäckerei. Als Falk fertig gegessen hatte und die Hand hob, hielt die Kellnerin seine Rechnung schon bereit. Er zeigte ihr seinen Ausweis.

„Hatten Sie gestern Abend Dienst?"

„Sonntag ist unser Ruhetag", erwiderte sie. „Worum geht es denn?"

61

Die Einsatzkräfte an der Bahn und der mutmaßliche
Selbstmord waren noch gar nicht bis ins Innere des
Gasthauses vorgedrungen, wo Personal und Gäste andere
Sorgen hatten.

„Um eine Frau und um ihr Auto, das gegenüber parkt."

„Tut mir Leid. Ich komme den ganzen Tag nicht dazu, einen
Blick aus dem Haus zu werfen."

Sie zögerte.

„Meinen Eltern gehört das Lokal. Sie wohnen auch im Haus.
Sie sind die einzigen, die sich letzte Nacht hier aufhielten."

„Kann ich sie sprechen?"

„Kommen Sie mit."

Das Mädchen hastete in ihrem gewohnten Tempo voran. Falk
musste sich beeilen, um den Anschluss nicht zu verlieren. Sie
führte ihn in die Küche, wo das Mittagsmenu vorbereitet
wurde.

„Ein Herr von der Polizei möchte euch etwas fragen", rief sie.
Und schon lief sie wieder weg. Eine Frau mittleren Alters
schmeckte gerade die Suppe ab. An einem Arbeitstisch stand
ein kahlköpfiger Mann und schälte Kartoffeln.

„Was ist denn passiert?", fragte die Frau erschrocken. Sie war
gut gebaut, die Wangen rot von der Hitze und dem Dampf.
Auch der Mann sah auf, schälte aber automatisch weiter.

„Kurz vor Mitternacht ist eine Frau unter den Zug geraten. Sie
hatte ihren Wagen auf dem Parkplatz gegenüber geparkt."

„Mein Gott! Ist sie tot?"

„Ja. Haben Sie gar nichts gemerkt?"

Sie schüttelten beide den Kopf. Die Wirtin erklärte: „Wir
gehen früh zu Bett und unser Schlafzimmer liegt nach hinten.
Wir haben es aufwändig isoliert, sonst könnten wir wegen des
Verkehrs und der Bahn kein Auge zutun. Hat sie sich ..."

Falk hob die Schultern, nickte den beiden zu und verließ das
Haus. Der Mann hatte keine Sekunde im Schälen inne
gehalten.

14___

Im kleinen Besprechungsraum, dem Oval Office, von einem
Witzbold so benannt nach einem entsprechend geformten
Spiegel, der an einer Wand hing, versammelte sich Falks
Kernmannschaft: Chefinspektor Lacher, sein Stellvertreter,
die weiblichen Inspektoren Lerchenfelder und Schilling sowie
ihre männlichen Kollegen Inspektor Quendler, Prüller,
Heidenwandtner und Sorcek. Der Chefinspektor fasste
zusammen.

„Vor zwei Wochen trägt ein pensionierter Wirtschaftsanwalt
mit ausgeprägtem Ordnungstick Sportgerät in seinen Keller,
kommt auf der Treppe zu Sturz und bricht sich das Genick.
Seine um mehr als 30 Jahre jüngere Frau vergnügt sich zu
diesem Zeitpunkt mit dem Geliebten, den sie sich gemeinsam
mit ihrem Gatten ausgesucht hatte, in der Mansarde des
Hauses. Der Keller ist von dort nicht direkt zu erreichen. Die
Haushälterin und ihre Mutter sitzen in der Küche beim
Kaffee. Es ist höchst unwahrscheinlich, dass eine der beiden
Weinstein gestoßen hat. Zwei Kollegen machen einen
Unfallbericht und schließen Fremdverschulden aus. Sie
vergessen allerdings einen Wollschal, der auf der Treppe lag
und dessen Farbe exakt mit jener der Fliesen übereinstimmt.
Wir wissen nicht, ob Weinstein auf dem Schal ausrutschte
oder ob der Schal beim Sturz zu Boden fiel. Die
Kriminaltechnik kann dazu nichts sagen. Falls der Schal den
Unfall verursachte, gibt es zwei Möglichkeiten: entweder er
lag zufällig auf der Treppe oder jemand hat ihn mit Absicht
hingelegt. Jemand, der es eindeutig auf Weinstein abgesehen
haben musste, denn der Keller wurde von niemandem sonst
betreten, nicht einmal von der Haushälterin. Darüber hat sich
bis zum Eintreffen des anonymen Briefs übrigens niemand
den Kopf zerbrochen. In dem Schreiben wurde das
Liebesverhältnis von Frau Weinstein angesprochen und ein
Bezug zum Tod ihres Mannes hergestellt. Ich habe das Haus
aufgesucht und mit allen Beteiligten gesprochen. Keiner

erweckte auch nur annähernd den Eindruck, als ob er etwas zu verbergen hätte. Frau Weinstein trauerte nicht um ihren Mann und sie hatte ein Motiv, ein reiches Erbe. Aber es gehört einiges dazu, so einen Anschlag zu planen und durchzuführen. Ich bin überzeugt davon, dass sie weder den Willen noch die kriminelle Energie besaß, um daran auch nur zu denken. Als ich ihr begegnete, wirkte sie weder schuldbewusst noch deprimiert. Am nächsten Tag fand ich den Schreiber des anonymen Briefs, einen verliebten, eifersüchtigen Burschen, der sie anschwärzen wollte, von den Umständen des Unfalls aber keine Ahnung hat. Das war der Moment, an dem ich die Angelegenheit für erledigt hielt."

Er blickte in die Runde.

„Gibt es Fragen dazu?"

„Wieso suchten sie gemeinsam ihren Geliebten aus?"

Inspektor Quendler ließ dieser Punkt keine Ruhe.

„Weinsteins Potenz verabschiedete sich nach einer Prostata-Operation. Er wusste, dass sich seine junge und sexuell aktive Frau über kurz oder lang mit einem anderen Mann einlassen würde. Offenbar zog er es vor, das Unvermeidliche wenigstens zu kontrollieren."

Heidenwandtner, ein großer, massiger Mann mit schwarzem Haar und kleinen, schwarzen Augen, schnaubte empört, sagte aber nichts.

„Wie gesagt", setzte Falk fort, „dachte ich, dass die Sache vom Tisch sei. Zwei Tage später fährt Frau Weinstein in der Nacht zu einem Parkplatz am Stadtrand und stirbt einige Meter entfernt unter einem Zug. In ihrer Tasche findet sich ein Abschiedsbrief. Sie haben die Kopie vor sich. Auf dem Blatt finden sich ihre Fingerabdrücke, nichts weiter."

„Aber du traust dem Ganzen nicht, weil du sie weder für schuldig hältst, noch für fähig, Selbstmord zu begehen", folgerte Lacher.

„Genau. Wir gehen deshalb einmal von der Hypothese aus, dass sie weder ihren Mann getötet noch Selbstmord begangen hat."

Prüller hatte sich zurück gelehnt, die Arme fest vor der Brust verschränkt.

„Ohne jeden Beweis für diese Hypothese und trotz des Abschiedsbriefs?"

„Den Beweis müssen wir finden. Den Brief hat sie nicht einmal unterzeichnet. Jeder könnte ihn getippt haben", warf Lerchenfelder gereizt ein. Falk wusste, dass Inspektor Prüller zu der Sorte Bullen gehörte, die sie absolut nicht ausstehen konnte. Da zog sie noch den altmodischen, prüden Heidenwandtner vor.

„Aber nicht jeder konnte ihre Abdrücke auf dem Blatt hinterlassen", erwiderte Prüller mit seinem stets leicht überheblichen Grinsen.

Der schmächtige, farblose Sorcek hielt sich heraus, wenn die anderen auf unsicherem Grund Theorien entwickelten und mit Argumenten und Gegenargumenten feuerten, die gar nicht weit genug an den Haaren herbei gezogen sein konnten. Er betrachtete die Dinge von der rein praktischen Seite.

„Womit beginnen wir?"

Falk wollte so bald wie möglich mit dem Lokomotivführer sprechen. Außerdem galt es, den oder die PCs und Drucker in der Villa der Weinsteins sicherzustellen, um die Herkunft des Abschiedsbriefs zu klären. Und man musste Frau Weinsteins Wege und Tätigkeiten rekonstruieren, seit Falk sie zuletzt gesehen hatte - in all ihrer pflanzenhaften Ruhe, weit entfernt von jedem Gedanken an Selbstmord. Was mochte geschehen sein, das sie jäh aus dieser Ruhe gerissen hatte? Und, nicht zuletzt: an wen fiel nun Weinsteins beträchtliches Erbe?

Er beendete die Sitzung. Nachdem alle zum Mittagessen in die Kantine strebten, schloss er sich seinen Mitarbeitern an, bedauerte es in dem Augenblick, als er das Essen sah und ließ die Hälfte übrig.

Anschließend setzte er sich ans Telefon und machte ausfindig, wer mit der Abwicklung der Verlassenschaft Weinstein betraut worden war. Er bekam den Notar an den Apparat, informierte ihn über die neueste Entwicklung und bat um einen kurzfristigen Termin, der ihm sofort gewährt wurde. Falk konnte sich des Eindrucks nicht erwehren, dass die Wissbegierde des Notars mindestens ebenso groß zu sein schien wie seine eigene. Ihm blieb genügend Zeit, um sich eine Tüte geröstete Kastanien zu kaufen, die er zum Missfallen des Obers in einem Cafe verzehrte. Dazu trank er ein Glas Rotwein.

15___

Dr. Perner, der Notar, ein noch junger, sehr auf sein Äußeres bedachter Mann begrüßte Falk mit großer Herzlichkeit und führte ihn in ein Büro, das mindestens doppelt so viele Jahre zählte wie er selbst. Offenbar hatte er die Einrichtung von einem Vorgänger übernommen. Er bestellte telefonisch Kaffee. Die Sekretärin, die ihn servierte, brachte auch ein Tablett mit zwei Cognacschwenkern und eine Karaffe.

„Frau Weinstein galt als Haupterbin", eröffnete Falk den Grund seines Kommens, während er den Schwenker in beiden Händen hielt.

„Alleinerbin", präzisierte der Jurist. „Er hinterließ ihr alles, was er besaß."

„Nun ist sie selbst tot. Wer folgt ihr nach?"

„Das richtet sich nach ihrem letzten Willen. Es sei denn ..." Der Notar sprach nicht zu Ende.

„Es sei denn, was?"

„Es sei denn, es ist etwas an den Gerüchten dran, dass es sich bei Dr. Weinsteins Unfall um keinen Unfall handelte."

„Sondern?"

„Kann es sein, dass sie an dem Ereignis, sagen wir, beteiligt war?"

Falk nahm einen Schluck Cognac.

„Nehmen wir einmal an, es wäre so. Wie sähe die Angelegenheit dann aus?"

„Wenn sie seinen Tod vorsätzlich herbei geführt haben sollte, wäre sie vom Erbe ausgeschlossen. Dann kämen jetzt nicht ihre Erben zum Zug, Dr. Weinsteins Testament wäre gegenstandslos."

„An wen fiele sein Vermögen?"

„Das richtet sich nach der gesetzlichen Erbfolge."

Dr. Perner nippte an seinem Kaffee.

„Dr. Weinstein errichtete sein Testament nicht bei mir, aber ich bin über mehrere Ecken mit ihm verwandt."

Jetzt verstand Falk die Wissbegierde seines Gegenübers besser. Er sprach nicht nur mit einem Beauftragten des Gerichts, sondern gleichzeitig mit einem Teil des Familiennetzwerks.

„Dann könnten theoretisch auch Sie der neue Erbe sein?"
Der andere lachte.

„Theoretisch ja. Praktisch sind zu viele Ecken dazwischen. Dr. Weinsteins Vater lebt noch. Er ist sein nächster Angehöriger."

„Hätte er nicht Anspruch auf einen Pflichtteil gehabt?"

„Sie haben Recht. Aber er hat darauf verzichtet."

„Weshalb?"

„Er ist dement und er begriff schon im Anfangsstadium der Krankheit, was auf ihn zukam. Er hatte die Größe, alle Angelegenheiten in seinem Sinn zu regeln, ehe dies andere für ihn übernehmen. Dass nun das gesamte Vermögen seines Sohnes an ihn fällt, wird er vermutlich nicht mehr begreifen."

„Wo wohnt er?"

„In einem Heim."

„Wissen Sie zufällig, in welchem?"

„Nein, aber das kann ich leicht heraus finden."

Er schwenkte zu seinem Telefon und tippte eine Kurzwahl ein.

„Guten Tag, Onkel Hans, hier Klaus. Ich bräuchte eine Auskunft. In welchem Heim lebt Onkel Norbert?"

Er notierte etwas, dankte und legte auf.

„Ein Onkel ist gar nicht so entfernt verwandt", merkte Falk an. Wieder lachte der Notar laut und herzlich.

„Es sind keine richtigen Onkel. In unserer Familie ist es Brauch, dass jeder Mann ab einem gewissen Alter zum Onkel ernannt wird, jede Frau zur Tante. Man drückt damit die Verwandtschaft aus, nicht mehr."

Der Code des Familiennetzwerks, dachte Falk amüsiert. Er nahm dankend den Zettel entgegen und erhob sich. Der Notar blieb sitzen, sah ihn nun ganz ernst an und fragte: „Hat sie einen Abschiedsbrief hinterlassen?"

Kein Grund zur Heimlichtuerei, der Chefinspektor nickte.

„Hat sie Dr. Weinstein auf dem Gewissen?"

„Man könnte den Inhalt so verstehen, aber wir ermitteln noch."

Nun erhob sich auch Dr. Perner.

„Ich danke Ihnen."

Er geleitete seinen Gast hinaus und schüttelte ihm zum Abschied kräftig die Hand. Falk verspürte nach diesem Gespräch eine Unzufriedenheit, die er sich nicht erklären konnte. Dr. Perner hatte ihn ein wenig irritiert. Sein überschwängliches Lachen, sein Clan aus Onkeln und Tanten, seine zu dick aufgetragene Herzlichkeit, der Cognac ... Hatte er ihn etwa behandelt, wie er mit einem einfältigen Klienten umging? Er glaubte sich zu erinnern, dass Verlassenschaften nach einer festgelegten Ordnung auf die einzelnen Notare verteilt wurden. Konnte es statthaft sein, dass das Gericht einen entfernten Verwandten damit beauftragte? Oder zählte auch der Richter zu den entfernten Verwandten? Stand er einem Kraken gegenüber, der im Verborgenen blieb und mit seinen acht Armen nach Belieben die Fäden zog? Oder züchtete er sich gerade mit Hilfe Antonias und seiner rasch wachsenden inneren Wüste einen Verfolgungswahn heran?

16___

Lerchenfelder schickte eine SMS: der Lokführer wurde in 30
Minuten in der Buchengasse erwartet. Und wieder
feuchtkalter Nebel, der dem Chefinspektor sogar die Lust am
Rauchen nahm. Er schlug den Kragen seines Mantels hoch,
vergrub die Hände tief in den Taschen und machte sich auf
den Weg.
Der Lokführer kam beinahe eine Stunde zu spät. Als Falk
seinen Atem roch, ahnte er, warum. Der Mann trug seine
Uniform, war auffallend blass und gereizt bis zur
Feindseligkeit. Er weigerte sich, Platz zu nehmen und spuckte
seine Worte aus wie eine Nagelmaschine, die auf Falk zielte.
„Ich habe vor 17 Stunden eine arme Irre in ihre Einzelteile
zerlegt und muss jetzt aussagen, was denn? Bin ich zu schnell
unterwegs gewesen, habe ich zu spät gebremst, hätte ich
ausweichen sollen? Hätte ich gerne gemacht, wenn Sie mir
zeigen, wie.“
Falk holte eine Flasche Obstler und ein großes Glas aus dem
Schrank, schenkte es halb voll und stellte es auf den Tisch.
„Niemand macht Ihnen einen Vorwurf, Herr Pucella. Haben
Sie überhaupt geschlafen?“
Die Nagelmaschine spuckte weiter, aber der Anblick des
Schnaps‘ minderte ihre Energie.
„Können Sie schlafen, wenn Sie gerade einen Menschen
umgebracht haben? Vielleicht stört es Sie ja nicht, aber mich
schon. Ich bin ausgestiegen und zu ihr gegangen und dabei bin
ich über ihr Bein gestolpert und hergefallen. Ihr Bein lag ein
paar Meter weit von ihrem Körper entfernt. Das ist lustig,
oder?“
Er kicherte, sichtlich gegen seinen eigenen Willen.
„Nein, ist es nicht. Trinken Sie einen Schluck, der ist gut für
die Nerven.“
Dem Eisenbahner passte es gar nicht, dass der Bulle so
friedlich blieb, er hätte liebend gerne mit ihm gestritten, sich
sogar verhaften lassen, was verstanden die denn schon? Er

setzte sich, griff nach dem Glas und trank es in einem Zug leer. Falk sagte nichts und schenkte nach, allerdings nur mehr die halbe Menge. Der Schnaps rötete die Wangen des Mannes. Er rülpste laut.

„Zum Wohl."

„Danke."

Seltsamerweise schien ihn der Obstbrand zu ernüchtern. Er schwieg eine Weile und sagte dann mit völlig veränderter Stimme:

„Also gut, was wollen Sie wissen?"

„Wann haben Sie die Frau gesehen, bevor es zum Unglück kam?"

Der Lokführer starrte ins Leere, als ob er die Szene noch einmal betrachtete. Wahrscheinlich hatte er sie schon Dutzende Male abgespielt und würde sie noch Hunderte oder Tausende Male sehen.

„Höchstens zwei, drei Sekunden vorher."

„Sprang sie oder lief sie? Können Sie ihre Bewegung beschreiben?"

„Ein Sprung war es nicht, eher so, als ob sie nach vorne stolperte, aber mit viel Schwung."

„Vielleicht so wie jemand, der heftig von hinten gestoßen wird?"

„Sie meinen ..."

Der Mann starrte den Bullen auf der anderen Seite des Tisches ungläubig an. Seine Augen glänzten stark.

„Ja, das könnte hinkommen."

Falk sprach nun sehr eindringlich.

„Haben Sie außer ihr noch etwas gesehen? Eine andere Bewegung, einen Schatten, die Ahnung einer anderen Bewegung?"

Pucella dachte nach. Er nahm noch einen Schluck, diesmal einen kleinen, nur um die Gedanken zu schmieren, er hatte wieder den leeren Blick, minutenlang. Schließlich kehrte er von den Bildern in seinem Kopf in das Büro zurück.

71

„Das mit der Bewegung erinnert an einen Stoß, oder an den Beginn eines Sturzes im schnellen Lauf. Aber ich sehe nur sie, nur den Körper, die Haare, ganz wenig vom Gesicht, nichts anderes. Keinen Schatten, keine Ahnung."
Er wirkte jetzt deutlich ruhiger.
„Tut mir leid wegen vorhin. Mir passiert das nun zum zweiten Mal und ich kann nicht damit umgehen. Nach dem ersten Mal schrieben sie mich für drei Monate krank. Ich musste in eine Klinik, in eine Klapsmühle, um genau zu sein. Ich dachte, ich wäre darüber hinweg ..."
„Ich danke Ihnen für Ihr Kommen", sagte Falk. „An Ihrer Stelle würde ich nach Hause gehen und mich hinlegen. Und morgen zur psychologischen Beratung, die können Ihnen helfen."
„Ja, vielleicht."
Offenbar fiel es ihm schwer, daran zu glauben. Sie gaben sich zum Abschied die Hand.
Für einen Besuch im Pflegeheim war es zu spät. Eine Stunde lang kümmerte Falk sich um die Berichte, die ganz ohne Dünger und Pflege jeden Tag auf seinem Schreibtisch verlässlich in die Höhe schossen wie reines Unkraut. Nichts Neues bei den Raubüberfällen. Die besondere Brutalität der Täter gab ihm erneut zu denken. Sie schlugen ihre Opfer krankenhausreif und bis zur Bewusstlosigkeit. Es hatte mehrere Knochenbrüche gegeben und schwerste Blutergüsse am ganzen Körper, die teilweise von Faustschlägen und Tritten stammten, teilweise von einer relativ kurzen, stumpfen Schlagwaffe, die bei allen Opfern ähnliche Spuren hinterlassen hatte. Der Grad der Verletzungen stand in keinem Verhältnis zur Höhe der Beute. Man konnte fast den Eindruck gewinnen, dass es den Räubern vorrangig um die Gewalt ging – das Eigentumsdelikt kam eher nebenbei hinzu. Falk und Lacher einigten sich darauf, das Täterprofil in diesem Sinn zu erweitern. Bis jetzt wussten sie lediglich, dass es sich um zwei Männer handelte, beide groß und schwer, die ihre Gesichter mit dunklen Wollmützen verbargen, wie Schifahrer sie gern

verwenden, wenn der Wind besonders eisig bläst. Sie nahmen ihren Opfern nur Bargeld ab, keinen Schmuck, keine Kreditkarten. Eine zusätzliche Erschwernis für die Ermittler bestand darin, dass die Überfälle zwischen zwei und drei Uhr nachts stattgefunden hatten. Die Opfer, mehr oder minder alkoholisierte Männer, kamen allesamt aus Nachtlokalen und lieferten kaum verwertbare Angaben.

Auf dem Heimweg lenkten Falks Schritte ihn in eine bekannte Bierkneipe, wo er einige Freunde traf, die ganz andere Sorgen plagten: Reparaturen im Haus, Ärger mit dem Chef, Eheprobleme, teure Urlaubswünsche, ein kerngesunder Zahn, der regelmäßig schmerzte ... Einfache, normale Bürger.

Monika schlief schon, als er nach Hause kam.

17___

Am nächsten Morgen fühlte er sich unausgeschlafen und verkatert. Die Aussicht auf einen Besuch im Pflegeheim hob seine Laune nicht. Er nahm ein Taxi. Ein gepflegtes Gebäude, gepflegte Gerüche, gepflegte Distanz. Man arbeitete sehr professionell dort, höflich, effizient und frei von Emotionen. Eine Schwester in blauer Bluse und blauem Rock führte ihn zum bettlägerigen Herrn Weinstein, der nicht bemerkte, dass jemand das Zimmer betrat.

„Weiß er vom Tod seines Sohnes?", flüsterte Falk der Schwester zu. Sie machte sich nicht die Mühe, die Stimme zu senken.

„Er weiß nicht einmal, dass er einen Sohn hat."

„Herr Weinstein", fuhr sie sehr laut fort. „Sie haben Besuch." Ein dürrer, weißer Haarkranz umschloss die Glatze des alten Mannes, sein Gesicht war von einem ungesunden Gelb, die Nase stach rötlich-blau hervor. Die Haut auf dem Nasenrücken schien so fest gespannt, als könne sie jeden Moment reißen. Der Blick aus den wasserhellen Augen verlor sich in unerreichbarer Ferne, einer Ferne, die Falk nicht kennenlernen wollte. Aber die Schwester hatte die Aufmerksamkeit des Greises geweckt. Er bewegte den Kopf und betrachtete den Mann und die Frau, die neben ihm standen.

„Seid ihr verheiratet?"

„Nein", sagte Falk.

„Ihr solltet aber heiraten."

„Chefinspektor Falk ist von der Polizei, Herr Weinstein." Die Schwester schrie beinahe. Falk schoss die Frage durch den Kopf, wie sehr *ihr* Privatleben durch ihren Beruf beeinflusst sein mochte.

„Von der Polizei? Hat jemand eingebrochen?"

„Erinnern Sie sich an Ihren Sohn, Herr Weinstein?"

„Sie sind mein Sohn?"

„Nein. Ihr Sohn heißt Richard. Erinnern Sie sich an ihn?"

74

„Ich habe keine Kinder", sagte der alte Mann mit seiner brüchigen Stimme. „Ich habe auch keine Frau."

Die Schwester sah Falk vielsagend an. „Dabei ist er heute in guter Verfassung."

„Wohnt ihr auch in dieser Bude?", fragte Weinstein. „Das Essen ist scheußlich. Ich esse schon seit Monaten nichts mehr."

„Er würde auch zehnmal am Tag essen. Er vergisst von einer Sekunde zur anderen, was er getan hat."

Es war heiß in dem Zimmer und es roch schlecht. Falk wusste, dass er hier nichts erreichen würde.

„Es war nett, Sie kennen gelernt zu haben. Aber jetzt muss ich weiter. Auf Wiedersehen!" Er bemühte sich um ein Lächeln.

„Ja", erwiderte der Alte. „Es ist zu laut im Hotel, ich bin müde."

Und er richtete seinen Blick wieder zur Decke.

„Ist er sehr krank?", fragte Falk die Schwester, als sie durch den langen Gang zurück gingen. „Ich meine, abgesehen von seiner Demenz."

Sie zuckte die Achseln.

„Seine Organe sind praktisch hinüber. Man weiß nur nicht, welches zuerst versagen wird. Das ist dann das Ende."

„Wie lange kann das noch dauern?"

„Einen Tag, eine Woche, vielleicht drei Monate, viel mehr nicht."

Manche Türen standen offen, in einem Zimmer saß eine Frau in einem Rollstuhl, die Augen geschlossen, das Kinn auf die Brust gesunken. Wie oft prüften sie, ob sie noch lebte?

Falk atmete tief durch, als er wieder auf der Straße stand. Sogar die kalte Luft und der graue Himmel erschienen ihm plötzlich gar nicht so übel. Er fand den Zettel mit der Telefonnummer von Dr. Perner.

„Ich brauche noch einmal Ihre Hilfe, Doktor. Wenn der alte Weinstein stirbt, wer erhält dann sein Vermögen?"

„Ich habe mir schon gedacht, dass Sie das interessieren wird. Onkel Norbert hat nur einen einzigen Neffen – einen echten,

diesmal." Sein Lachen drang so laut aus dem Handy, dass Falk es vom Ohr weghalten musste. „Sein Name ist Anselm Ainetter. Er bewohnt mit seiner Frau ein Haus in Annabichl. Zu nahe beim Flughafen, für meinen Geschmack."
Er legte eine kurze Pause ein.
„Wenn es einen Abschiedsbrief gibt, ist der Weg, den das Erbe nimmt, eigentlich nicht mehr wichtig, oder?"
„Der Brief ist ein Computerausdruck, es ist nichts Handschriftliches darauf zu finden."
„Ah, verstehe. Brauchen Sie noch eine Auskunft?"
„Im Moment nicht. Besten Dank."
„Na, Sie haben ja meine Nummer."
Falk verabschiedete sich. Anselm, Anselm Ainetter. Er war ganz sicher, diesen Namen nicht zum ersten Mal zu hören, doch in welchem Zusammenhang? Auf der Fahrt ins LKA zerbrach er sich vergeblich den Kopf. Die Datenbanken enthielten ebenfalls keine Informationen. Falk beschloss, einen Anruf bei Clemens Graf zu riskieren. Der Journalist war ein guter Freund, doch ein beinharter Rechner. Entweder Information gegen Information oder Information gegen Alkohol und Delikatessen, jeweils vom Feinsten und reichlich. Völlig hoffnungslos, das unter Spesen zu verbuchen.
„Servus Clemens, Rainer hier. Es ist wirklich nur eine Kleinigkeit."
„Und du hast nichts anzubieten, stimmt's? Schieß los, ich habe es eilig."
„Sagt dir der Name Anselm Ainetter etwas?"
„Ich ruf' in zehn Minuten zurück."
Es dauerte nur fünf.
„Er taucht alle paar Monate in den Klatschspalten auf. So unter ferner liefen, du weißt schon. ‚Vor drei Tagen feierte der beliebte Drecksack Blabla im Super-In seinen Fünfziger. Stadtrat X hielt eine schrecklich lustige Rede. Um Mitternacht tanzte Society-Lady Y nackt auf dem Tisch. Alle, die zusehen mussten, betranken sich gnadenlos. Außerdem anwesend: An

76

fünfter Stelle Anselm Ainetter mit Gattin.' Ich schick' dir eine E-Mail mit seinem Foto. Ist übrigens ein fesches Bubi, gefällt mir. Du schuldest mir was."

Ohne ein weiteres Wort legte er auf. Das Foto kam ein paar Minuten später. Es zeigte einen außergewöhnlich gut aussehenden Mann um die 40 mit gewinnendem Lächeln, makellosen Zähnen und regelmäßigen Zügen. Im antiken Griechenland wäre er ein gefragtes Modell gewesen. Falk sagte das Gesicht nichts. Die Klatschspalten las er selten, sein Zugang zu dem Namen musste ein anderer sein.

Lerchenfelder trat ohne anzuklopfen in sein Büro. Anklopfen war eine Art von Spießigkeit, die ihr extrem gegen den Strich ging.

„Haben Sie ein paar Minuten?"

Falk nickte. Sie hielt einen Block in der Hand und las ab. „Erstens: Wir haben einen PC, ein Notebook und zwei Drucker mitgenommen. Zweitens: Die Auswertung wird ein bisschen dauern, weil der einzige Kollege, der sich wirklich auskennt, auf Urlaub ist. Im November, stellen Sie sich das vor – als ob es irgendwo einen schöneren Nebel gäbe. Drittens: Die Haushälterin ist komplett mit den Nerven fertig. Sie hat keine Veränderung bei Frau Weinstein bemerkt und sie kann nicht glauben, dass sie sich umgebracht hat. Was Frau Weinsteins letzten Tag anbelangt, kann sie nichts sagen, weil sie am Sonntag schon in aller Früh nach Villach gefahren ist. Die Nachbarn waren nicht zu Hause oder wissen nichts."

Es klopfte an der Tür. Falks Frau steckte den Kopf mit der aktuell braunen Wuschelmähne ins Büro und erkundigte sich höflich, ob sie wohl nicht störe. Inspektorin Lerchenfelder hätte ihr gerne etwas Nachhilfe gegeben, was das Benehmen bei den Bullen anlangte, fragte aber lediglich, ob sie später wieder kommen solle. Falk winkte ab.

„Ich brauche nur eine Unterschrift", sagte Monika und lächelte Lerchenfelder an. „Er hat darauf vergessen."

Lerchenfelder lächelte zurück. Es gab Spießigkeiten, die ihr gefielen. Sie mussten halt von den richtigen Leuten kommen.

77

Es ging um die Änderung einer Versicherung, die das Ehepaar gemeinsam beantragen musste. Falk unterschrieb und wandte sich erneut an die Inspektorin.

„Geht die Liste noch weiter?"

„Sie war, wie gesagt, seit Sonntag in der Früh alleine im Haus. Da stand ihr Van auf der Straße. Auch am Nachmittag hat ihn jemand gesehen. Wir wissen noch nicht, was sie getan hat, ob sie Besuch bekommen hat oder wann sie wegfuhr."

„Danke", sagte Falk, und zu seiner Frau: „Ich begleite dich ein Stück, ich muss meinen Kopf auslüften."

Es hatte zu schneien begonnen, aber es war nicht kalt genug. Auf dem Boden verwandelte der Schnee sich rasch in schmutzigen Matsch und von den Autoreifen spritzte er bis auf die Gehsteige. Falk begleitete seine Frau zu ihrem Wagen. Anschließend überquerte er den Neuen Platz, nicht ohne einen freundlichen Seitenblick zum Lindwurm zu werfen, diesem steinernen Monstrum, das ihn seit frühester Jugend mehr mit seiner Heimat verband als irgendetwas sonst. Andere Städte haben gotische Dome, mittelalterliche Stadtmauern, römische Ruinen, himmelstürmende Wolkenkratzer, berühmte Brücken ... Einen steinernen Lindwurm, aus einem einzigen Block gehauen, hat nur Klagenfurt. Falk entsann sich gut der wohligen Schauder, die ihm regelmäßig über den Rücken liefen, als er – gerade sechs oder sieben Jahre alt – im Sommer Tag für Tag durch die sonnige Pappelallee zum Strandbad radelte. Rechts und links des Wegs standen damals noch schlammige Pfützen, wuchsen Sumpfgräser und Schilf im Gesträuch, späte Boten einer Zeit, als sich vom Wörthersee bis zur Drau ein riesiges, mit Dickicht überwuchertes Sumpfgebiet erstreckte, in dem der schreckliche Drache sein Unwesen trieb, ganze Rinder und viele Menschen verschlang. Er fühlte damals schon eine seltsame Verbundenheit mit dem Sagentier, mit dem Irrealen in einer Realität, die scheinbar so allmächtig und unüberwindlich das Leben bestimmte.

Er schlenderte durch die Fußgängerzone der Innenstadt: Kramergasse, Alter Platz, Wiener Gasse, und versuchte,

Anselm Ainetter aus seinem Bewusstsein zu verdrängen, in der Hoffnung, dass ihm der gesuchte Zusammenhang dann plötzlich einfallen würde, wie es manchmal bei Namen der Fall ist, an die man sich partout nicht erinnern kann. Doch Anselm kehrte mit schöner Regelmäßigkeit zurück wie ein Satellit, der die Erde rasend schnell umkreist. Nach einiger Zeit merkte Falk, dass seine Schuhe dem Matsch nicht länger standhielten. Er setzte sich in ein Kaffeehaus, bestellte Kaffee und belegte Brötchen und blätterte in einer Zeitung. Er überflog einzelne Artikel, ohne etwas vom Inhalt mitzubekommen, ebenso wenig wie er wahrnahm, womit die Brötchen, die er aß, eigentlich belegt waren.

Auf den Seiten mit den Todesanzeigen stieß sein Blick auf eine Danksagung für Anteilnahme und Kondolenz – und blieb daran hängen. Plötzlich wusste er, dass er seinen Zusammenhang gefunden hatte. Eine Danksagung! Gezeichnet Anselm Ainetter, im Namen aller Verwandten. So oder so ähnlich! Aber es musste Jahre zurück liegen. Kurz entschlossen wählte er nochmals die Nummer von Graf.

„Es geht um diesen Anselm. Ihr druckt doch die meisten Todesanzeigen in Kärnten. Kannst du feststellen, ob unser Kandidat vor fünf bis zehn Jahren, länger wird es nicht her sein, einmal eine Anzeige oder eine Danksagung in Auftrag gegeben hat?"

„Genauer kannst du es nicht eingrenzen? Das wird teuer."

Falk legte auf und bestellte noch drei Brötchen. Diesmal wartete er fast eine Stunde auf Grafs Rückruf.

„Armutgefährdeter Kerl, wo bist du?"

„In der Wiener Gasse, im Corso."

„Ich bin in zehn Minuten dort."

Graf zwängte seinen runden Körper durch den Eingang, gerade als eine junge Frau hinaus wollte. Solche Situationen liebte er. Von seinem Kopf standen weißblonde Fransen kreuz und quer in alle Himmelsrichtungen. Dazu trug er einen dunkel gefärbten Drei-Tages-Bart, was einen ziemlich gewöhnungsbedürftigen Kontrast ergab. Auf dem Weg zu

Falks Tisch erfasste er mit seinem Radar alle Personen im Lokal: bekannt, unbekannt, interessant, uninteressant. Die Kellnerin eilte an den Tisch und strahlte den Journalisten an. Er strahlte zurück.

„Sonja, mein Schatz! Champagner und das Beste, was du an Beilagen findest. Der Chefinspektor zahlt."

Ohne Falk eines Blicks zu würdigen, tänzelte sie davon.

„Die auch?"

„Ihr monogamen Heteros seid wirklich nicht zu beneiden."

Falks Gedanken streiften Antonia, er ging aber nicht auf Grafs Bemerkung ein.

„Du hast etwas gefunden."

„Habe ich, mein Lieber, hier."

Er zog ein gefaltetes Papier aus seiner Rocktasche und reichte es weiter. Es war tatsächlich eine Danksagung.

Für die große Anteilnahme am Tod von Frau Hedwig
Wagental dankt in tiefer Trauer und Erschütterung
Anselm Ainetter, im Namen aller Verwandten

„Die Frau starb vor zehn Jahren. Eigentlich müsstest du dich daran erinnern."

„Weshalb?"

„Weil du ein Bulle bist. Sie wurde ermordet. Wie es damals hieß, von ihrem eigenen Sohn."

„Wurde er verurteilt?"

„Soweit kam es nicht. Er hat sich bis in die Haarspitzen mit Drogen abgefüllt und ist in der Lend ertrunken. Ihr seid von Selbstmord ausgegangen. Klingelt da wirklich nichts?"

Mord und Selbstmord. In tiefer Trauer, Anselm Ainetter. Falk fühlte, wie sich ein kaltes Prickeln von seinem Genick über Schultern, Arme und Rücken ausbreitete. Noch Jahre später sollte er sich an das Muster der Tischplatte erinnern, die er anstarrte und an die Klänge von Monday Morning, die vom Radio hinter der Theke durch das Summen der Gespräche bis

80

zu ihrem Platz drangen. Er schüttelte sich wie ein Hund, der im Regen herumgelaufen ist.

„Ich war damals ein halbes Jahr weg, Weiterbildung in Wien, Berlin und Stockholm. Das muss in dieser Zeit passiert sein. Und der Fall galt ja als gelöst."

„Warum weißt du dann von der Anzeige?"

Dafür gab es nur eine Erklärung.

„Monika hat mir regelmäßig Pakete geschickt. Speck, Reindling, Haussalami, zum Teil in Zeitungen eingewickelt, damit die heimatliche Kost durch ein paar passende Nachrichten ergänzt wurde. Es klingt seltsam, aber ich weiß, dass ich sogar die Kleinanzeigen verschlungen habe. Da bin ich wohl auf die Danksagung gestoßen."

Graf stopfte Brötchen in seinen Mund und spülte sie mit Champagner hinunter.

„Du glaubst also ernsthaft, dass mehr dahinter steckt. Ich darf dich daran erinnern, dass du mir einen riesigen Gefallen schuldest."

„Du schlemmst gerade auf meine Kosten."

Sein Freund machte eine wegwerfende Geste.

„Schlemmen! Billiger Sprudel ist das. Erzähle ein bisschen, geh' ruhig aus dir heraus."

Doch Falk hielt es nicht länger im Corso. Er warf einen Schein auf den Tisch und stand auf.

„Tut mir leid, ich muss ins LKA. Aber du bist der Erste, der es erfährt, wenn es was zu erfahren gibt."

Der Journalist deutete auf den Geldschein.

„Du meinst, das reicht für meine Zeche?"

Falk hob die Hand zum Gruß und ging.

81

18

Auf seinem Schreibtisch lag ein Zettel mit Oberst Prettners
Unterschrift. Bitte um sofortige Vorsprache. Zwei Rufzeichen.
Falk rief Lerchenfelder an, gab ihr seine Informationen durch
und bat sie, alles über den alten Fall auszugraben. Dann lehnte
er sich aus dem Fenster, um noch eine Zigarette zu rauchen,
ehe er sich auf den Weg zu seinem Vorgesetzten machte.
Prettner telefonierte nicht, er las in einem dicken Wälzer.
Ohne Zweifel das Who is Who oder ein vergleichbares Werk.
Er blickte auf, sehr ernst.
„Setzen Sie sich, Chefinspektor."
Falk tat es und wartete ab. Der Oberst schaffte eine volle
Schweigeminute, machte damit aber nur sich selbst nervös,
weil er so lange Sprechpausen schwer ertrug.
„Ich habe gehört – und zwar nicht von Ihnen – dass Frau
Weinstein Selbstmord begangen und einen Abschiedsbrief
hinterlassen hat, in dem sie sich die Schuld am Tod von
Weinstein gibt. Trifft das zu?"
„Das kann ich Ihnen leider nicht sagen."
Prettner betrachtete ihn mit dem Ausdruck tiefsten
Unverständnisses.
„Warum nicht?"
„Weil wir beides noch prüfen. Ich möchte mich und unsere
Behörde nicht festlegen, so lange Fragen offen sind."
Das Prinzip, sich nicht festzulegen, ankerte so tief in Prettners
Genen, dass er dem Argument nicht widersprechen konnte,
selbst wenn man es gegen ihn selbst einsetzte.
„Da haben Sie schon recht, aber Sie ermitteln doch weit
darüber hinaus! Was hat Weinsteins Vater damit zu tun? Und
was die gesetzliche Erbfolge nach ihm?"
Der Mann hörte wirklich jeden Floh husten. Und er wurde gut
mit Informationen versorgt. Falk tippte auf Dr. Perner, unter
anderem.
„Falls Frau Weinstein doch nicht Selbstmord begangen haben
sollte, dann suchen wir nach einem Täter, der sie auf dem

Gewissen hat. Und Weinsteins Vermögen ist ein schönes Motiv."

Prettner wedelte mit der Hand, als wollte er eine lästige Fliege vertreiben.

„Einen Unfall vortäuschen, danach einen Selbstmord, das ist doch alles sehr weit hergeholt."

Für Falk nicht weiter hergeholt als Julia Weinstein Mord und Selbstmord zu unterstellen. Doch er kannte Prettners Kosmos gut genug: Die Tote griff – im Gegensatz zu den Lebenden – ja nicht mehr zum Telefon. Aus Erfahrung wusste er, dass Auseinandersetzungen mit dem LKA-Leiter niemals mehr Klarheit schufen, sondern ausschließlich mehr Unklarheit und damit verbunden Ärger, den man sich ersparen konnte. Mit einer gewissen Belustigung dachte er an die Studien der Managementberater, die schon bis in die Polizei vorgedrungen waren, wonach Chefs die ehrliche Meinung ihrer Untergebenen schätzten. Für den Augenblick mochten sie sie schätzen, auf Dauer ertrugen sie sie nicht – schon gar nicht, wenn sich die ehrliche Meinung auch noch als richtig herausstellte. Und was die eindeutigen Studien mit ihren hübschen Charts anlangte – welcher Chef würde auf eine entsprechende Frage antworten, dass er auf die Ansicht seiner Mitarbeiter *keinen* Wert lege?

Falk versetzte seine Stimme in ausreichendem Maß mit der routinierten Gleichgültigkeit des erfahrenen Beamten.

„Wenn ich Sie recht verstehe, Herr Oberst, begnügen wir uns also mit der naheliegenden Version und lassen die weit hergeholten Überlegungen unter den Tisch fallen."

Prettner zuckte zusammen, als empfände er körperlichen Schmerz. Etwas unter den Tisch fallen lassen, von dem mittlerweile ein Dutzend Leute wusste! In seiner Position!

„Natürlich nicht, Chefinspektor! Sie sollen nur mit mehr Takt und Fingerspitzengefühl vorgehen. Ich erwähnte doch schon, dass es sich um eine Familie mit viel Einfluss handelt."

Frei von jeglichem ironischen Unterton präzisierte Falk:

„Wir ermitteln also so, dass die Betroffenen es nicht merken, ich meine, ohne sie mit Besuchen oder Fragen zu belästigen."

„Ich sehe, Sie haben mich verstanden", sagte Prettner triumphierend.

„Das könnte schwierig werden", wandte Falk ein. Auf der Stirn seines Chefs bildeten sich strenge Falten.

„Bemühen Sie sich eben, das wird man doch erwarten dürfen. Und jetzt entschuldigen Sie mich."

Er griff nach seinem Handy, Falk erhob sich und ging.

19

Am späten Nachmittag versammelte sich die Abteilung wieder im Oval Office. Falk wusste, dass jedes Wort, dass er hier sprach – mehr oder minder getreu, die Wahrheit liegt auch im Ohr des Hörers – bei Prettner landen würde. Kein Grund zur Aufregung, sie bildeten keine Geheimgesellschaft innerhalb der Behörde. Es ging dennoch immer wieder ums Prinzip, Vertrauen gegen Vertrauen. Oder eben nicht. Inspektor Prüller, mit verschränkten Armen, abwehrend, tendenziell aufsässig, ein bisschen unbeliebt unter den Kollegen – ein heißer Tipp für eine undichte Stelle. Der Chefinspektor blickte ihn länger an als die anderen und sagte in neutralem Ton: „In diesem Stadium sollte nichts von dem, was hier erörtert wird, den Kreis der Abteilung verlassen." Die Reaktionen fielen sehr unterschiedlich aus. Prüller runzelte die Stirn und schob unwillkürlich den Unterkiefer nach vorne, Inspektorin Lerchenfelder nickte heftig zustimmend, Schilling und Sorcek erwiderten gelassen seinen Blick, Quendler fühlte sich unbehaglich und wusste nicht so recht, wo er hinsehen sollte – vielleicht, weil er als einziger mit Prüller befreundet war und ihn insgeheim bewunderte. Überraschend fand Falk, dass sein Stellvertreter unverwandt auf seinen leeren Schreibblock starrte, dabei aber nicht verhindern konnte, dass seine Wangen sich leicht röteten. Er lächelte.

„Ich sehe, wir sind uns einig. Kommen wir zur Sache: Am 18. Mai 1999 wurde kurz vor 12 Uhr Mittag die Polizei in ein Haus in der Radetzkystraße gerufen. Im ersten Stock fanden die Beamten die Leiche der 62-jährigen Hedwig Wagental, der jemand mit einem Küchenmesser den Hals durchgeschnitten hatte. Erinnert sich jemand an den Fall?" Lacher, Schilling, Heidenwandtner und Sorcek nickten. Die anderen waren damals entweder zu jung gewesen oder in anderen Dienststellen beschäftigt.

„Die Tatwaffe lag neben der Toten, mit sorgsam gereinigtem Griff. Man erhielt genaue Informationen über ihre letzte Mahlzeit, der Gerichtsmediziner legte sich auf einen Todeszeitpunkt zwischen zwei und vier in der Nacht fest. Ihr Sohn – er hatte Alarm geschlagen – war spät nach Hause gekommen. Er gestand massive Drogenprobleme ein – es blieb ihm nach mehreren einschlägigen Verfahren auch nichts anderes übrig. Er sagte, er sei wahrscheinlich ins Wohnzimmer im Erdgeschoss getaumelt und habe die Nacht dort auf einer Couch verbracht, quasi bewusstlos. Als er kurz vor Mittag aufwachte, habe er sich darüber gewundert, dass seine Mutter ihn nicht längst geweckt hatte. Das tat sie nämlich mit Vorliebe. Also ging er nach oben und fand sie. Die Haustür war seinen Angaben zufolge geschlossen, aber nicht versperrt gewesen. Es kam rasch heraus, dass im Verhältnis zwischen Mutter und Sohn vieles nicht stimmte. Er arbeitete nicht, brauchte ständig Geld, sie steckte ihm häufig was zu, machte ihm zugleich ununterbrochen Vorwürfe. Manchmal stritten sie so laut, dass die Nachbarn jedes Wort hörten. Sie hatte ihm mehrmals das Ende jeglicher Unterstützung angedroht und wollte ihn sogar aus der Wohnung werfen. Er konnte das nicht bestreiten, meinte aber, sie hätte es nicht ernst gemeint. Für die Ermittler war ein arbeitsloser Junkie, der im Drogenrausch seinen Quälgeist abschlachtet und damit in einem Aufwaschen auch seine finanziellen Probleme löst, als Täter natürlich ein heißer Kandidat. Es fehlte nur der Sachbeweis. Und es gab die nicht zur Theorie passende Aussage eines Zeugen, der die Heimkehr des Verdächtigen beobachtet hatte. Ein Kleinwagen mit Wiener Nummerntafel setzte ihn vor dem Haus ab. Laut diesem Zeugen bewältigte der Sohn die drei Stufen bis zum Eingang nur mit größten Schwierigkeiten. Schwer vorstellbar, dass er es in diesem Zustand mit einem Messer unbemerkt bis in den ersten Stock geschafft und seine Mutter dort überrascht haben sollte. Sie galt als kräftige, sportliche Frau, die keinerlei Betäubungs- oder Schlafmittel verwendete. Allerdings

86

konnten zwischen Heimkehr und geschätztem spätesten Tatzeitpunkt etwa eine Stunde vergangen sein, in denen er sich erholt haben mochte. Ein Verdacht gegen einen Dritten lag nicht vor. Fahrer oder Fahrerin des Kleinwagens wurden nie gefunden. Also wurde das Haus durchsucht und der Sohn immer wieder verhört und unter Druck gesetzt."

„Ja", bestätigte Lacher, der ebenso wenig wie die anderen wusste, worauf Falk eigentlich hinaus wollte. „Aber er blieb bei seiner Geschichte. Sie hatte große Lücken und oft wusste er selbst nicht, woran er sich tatsächlich erinnerte und was ihm die Drogen vorgaukelten, doch die Tat bestritt er hartnäckig."

Falk klopfte mit dem Zeigefinger auf die alte Akte.

„Und am 12. Juni starb er."

„Richtig. In seinem Körper fand sich eine unglaubliche Menge verschiedener Gifte, nahe an der Grenze zur tödlichen Dosis, Todesursache war allerdings Ertrinken. Er trieb unter der Paternioner Brücke im Wasser. Ein paar Schulkinder entdeckten ihn."

„Es folgte eine weitere, gründliche Haussuchung. Im Labor fand sich schließlich im Gewebe einer scheinbar sauberen Jeans eine Blutspur. Es handelte sich um das Blut der Mutter. Das heißt, er hatte gelogen. Ob er nun – wie man annahm - Selbstmord begangen hatte oder im Vollrausch ins Wasser gefallen war, ließ sich nicht klären. Angesichts der Faktenlage erschien es auch nicht mehr allzu interessant. Die Akte wurde geschlossen."

Falk spürte die Spannung im Raum.

„Es gibt Parallelen zur Affäre Weinstein. In beiden Fällen tötete sich der mutmaßliche Täter selbst."

Er zuckte die Achseln.

„Das hat noch nichts zu sagen, aber jetzt wird es interessant. Punkt 1: Mutter und Sohn Wagental waren verwandt mit unserem Weinstein. Sie war seine Cousine dritten Grades, vielleicht auch vierten, das ist kompliziert.

87

Punkt 2: Durch Zufall habe ich damals – im Ausland - in einer Zeitung eine Danksagung gelesen. Gezeichnet Anselm Ainetter, im Namen der Verwandten. Wenn er im Namen der anderen spricht, wird er wohl der nächste Angehörige der Ermordeten gewesen sein. Sie war wohlhabend, der ganze Clan ist wohlhabend.

Punkt 3: Das Vermögen unseres aktuellen Opfers fällt – sofern die Gattin für seinen Tod verantwortlich ist – an seinen Vater, der nur noch wenige Wochen zu leben hat.

Punkt 4: Und der gesetzliche Erbe dieses Vaters ist ...“

„Anselm Ainetter", unterbrach ihn Lerchenfelder atemlos.

„Genau. Wir haben plötzlich vier gewaltsame Todesfälle und zweimal ein- und denselben Erben."

„Und keinen einzigen Beweis", betonte Prüller.

„Keinen Beweis", bestätigte Falk. „Es wäre auch viel zu früh, jemanden zu beschuldigen. Noch kann sich alles als Zufall herausstellen. Es könnte sich aber auch um ein wiederkehrendes Muster handeln."

Die fleißige Schilling mit dem stillen Gesicht und dem großen Herz hob die Hand.

„Hat Ainetter schon öfter geerbt?"

„Das müssen wir herauskriegen. Hat jemand eine Idee, wie wir das anstellen, ohne ihn direkt zu befragen?"

„Beim Finanzamt", schlug Quendler vor. „Er muss Erbschaftssteuer gezahlt haben."

„Die ist doch aufgehoben."

„Aber noch nicht lange."

„Ich sehe ein Problem", sagte Falk. „Wir haben offiziell gar keinen Fall, geschweige denn einen Beschuldigten. Die dürfen uns diese Daten nicht geben."

„Ich könnte da vielleicht etwas machen."

Quendler errötete leicht.

„Was kostet es Sie?", fragte Falk. Quendler wurde noch röter.

„Ich habe eine Bekannte dort."

Inspektor Prüller grinste.

88

„Also Rendezvous mit Abendessen und heißer Nacht. Alles auf Spesen. Du bist ein Glückskind."

Falk überlegte.

„Wir brauchen keine Details. Nur welche Fälle es gab und – sofern es welche gab – die Namen der Erblasser. Wann können wir das haben?"

„Wenn ich gleich telefoniere, morgen", versprach Quendler und konnte seinen Casanova-Stolz nicht ganz unterdrücken.

Falk nickte und Quendler verließ das Besprechungszimmer mit gezücktem Handy.

„Wie geht es bei dem aktuellen Selbstmord weiter?", wollte Lacher wissen.

„Wir versuchen, mehr über ihre seelische Verfassung zu erfahren. Ich werde mit den Leuten reden, die auf Weinsteins letzter Gästeliste standen."

„War Anselm Ainetter auch dabei?"

„Ein Herr Ainetter und Gattin sind notiert. Der Vorname fehlt."

„Was wird der Chef dazu sagen?"

Falk betrachtete seinen Stellvertreter ein wenig irritiert.

„Wie meinst du das?"

„Er hat mir erzählt, dass du in dieser Sache niemanden mehr belästigen wirst."

Es ging Falk gewaltig gegen den Strich, dass sein Vorgesetzter mit seinem Stellvertreter solche Gespräche führte. Er hätte auch nicht vermutet, dass Lacher bei so etwas mitmachte.

„Ist es eine *Belästigung*, wenn ein Bulle im Zug von Ermittlungen Fragen stellt?"

„Für manche Leute schon. Es kommt wohl auch auf die Fragen an."

„Das ist interessant. Hast du das auf dem letzten Seminar gelernt? Small talk statt Befragung? Und für wen gelten die neuen Regeln? Bist du jetzt Verfechter der Zwei-Klassen-Polizei?"

Die Stimmung knisterte plötzlich. Lachers Antwort erfolgte sehr kühl.

„Wir arbeiten nun einmal nicht im luftleeren Raum."

„Gut. Dann konzentrierst du dich auf die Raubüberfälle. Die Besprechung ist beendet."

Lacher sah verwirrt aus, so als ob er sich selbst gerade fragte, warum das Gespräch diese Wendung genommen hatte.

Empfand er etwa Eifersucht auf den Kollegen? Oder lag es an seinem verdammten privaten Chaos?

20___

Sie verließen das Oval Office. Falk, immer noch wütend wegen seines Stellvertreters, begab sich in sein Büro und rief Martha an, Weinsteins Haushälterin, um mehr Informationen zur Gästeliste zu erhalten. Es hatte sich wie erwartet um Anselm Ainetter gehandelt, der angeführte Dr. Johann Weinstein war ein Cousin des Hausherrn Dr. Richard Weinstein. Er wurde im Familienkreis nur Onkel Hans genannt. Falk tippte auf jenen Onkel Hans, mit dem der Notar am Telefon gesprochen hatte. Die Frau Schubert der Liste wurde allgemein mit Tante Resi angesprochen.

„Ich weiß nicht, ob ich das sagen soll", meinte Martha, froh über die Gelegenheit, es zu tun, „aber die beiden hacken ständig aufeinander herum. Beide sind über 70 und haben ein rasiermesserscharfes Mundwerk. Mit ihrem Geplänkel haben sie oft die ganze Runde unterhalten."

„Und Ainetter?"

„Der macht auch gern seine Scherze, aber längst nicht so bissig."

„Seine Frau?"

Martha wurde deutlich zurückhaltender.

„Über die kann ich nicht viel sagen. Sie redet sehr wenig. Mich hat sie einfach ignoriert. Ich glaube nicht, dass die anderen sie mögen."

Falk bedankte sich und legte auf. Dann bestellte er Schilling zu sich. Sie machte von allen seinen Mitarbeitern den sanftesten Eindruck und war von Natur aus nicht dazu geschaffen, Leute vor den Kopf zu stoßen.

„Wir werden uns die Besuche teilen. Ich nehme mir Onkel Hans vor, Sie gehen zu Tante Resi und dem Ehepaar Korentschnig. Die Ainetters hebe ich mir für den Schluss auf. Ihnen muss ich nicht einschärfen, behutsam vorzugehen. Sie haben ja gehört, wie Prettner und Lacher darüber denken."

„Lacher hätte das nicht sagen sollen."

Falk blickte sie an.

91

„Wissen Sie, was mit ihm los ist?"

„Ich glaube, in seiner Ehe läuft es nicht so rund", entgegnete sie schlicht. „Soll ich heute noch anfangen?"

„Nein. Warten wir ab, ob Inspektor Quendler wirklich so ein toller Hecht ist. Außerdem ist es zu spät."

Falk verbrachte den Abend bei seinem Schwiegervater und verlor drei Schachpartien hintereinander. Wie als Koinzidenz zu Schillings Bemerkung über Lachers Ehe fragte der pensionierte Anwalt zwischen zwei Zügen im harmlosesten Plauderton: „Läuft es nicht so gut bei dir und Monika?"

„Wie kommst du darauf?", fragte Falk zurück.

„Ich habe so ein Gefühl", entgegnete sein Schwiegervater, anscheinend ganz in die Partie vertieft – was auch zutraf, denn er bereitete eben das zweite Matt vor. Eine halbe Stunde danach, mitten in der dritten Runde, ließ er noch einen Satz fallen.

„Wenn Ihr eine Pause braucht, kannst du das zweite Zimmer hier haben. Es ist natürlich sehr bescheiden, aber nicht so weit weg vom Schuss."

„Aha."

21___

Ein verkaterter, doch von innen heraus strahlender Quendler erwartete Falk am nächsten Morgen im LKA, in der erhobenen Hand schwenkte er ein A4-Blatt wie eine Kriegstrophäe.

„Ich habe es!"

„Über Nacht?", staunte Falk.

„Meine Freundin braucht keinen Bürocomputer. Die kommt mit ihrem eigenen PC überall hin, wo sie hin will."

„Auch in unsere Systeme?"

„Das will ich gar nicht wissen", sagte Quendler in einem unerwarteten, weil noch nie gezeigten Ausmaß an tieferer Einsicht.

„Geben Sie her."

Quendler machte eine kleine Zeremonie daraus. Falk ließ ihn gewähren und überflog endlich eine Liste von fünf Punkten. Fünf Namen, fünf Todesdaten, fünf finanzbehördlich festgesetzte Beträge, die als Erbschaftssteuer an den Fiskus abzuführen waren. Sehr namhafte Beträge. Der erste Name auf der Liste lautete Anselm Christof Ainetter. Da konnte es sich wohl nur um den Vater des jetzigen Anselm handeln. Das Todesdatum lag 21 Jahre zurück.

An dritter Stelle tauchte Hedwig Wagental auf, das Mordopfer aus der Radetzkystraße. Die anderen Namen sagten ihm nichts.

„Füttern Sie den PC damit", wies er Quendler an. „Vielleicht ergibt sich ja was."

Es ergab sich tatsächlich was: Vor 16 Jahren pulverisierte eine Gasexplosion eine Hütte in den Bergen samt dem Besitzerehepaar Franz und Magda Rossmann.

Wahrscheinliche Unglücksursache: technischer Defekt. Das betraf Nummer 2 auf der Liste.

Und 2003 erstickte eine Bewohnerin eines Altenheims, Elfriede Herbst, an den Rauchgasen eines Schwelbrandes. Sie war mit einer Zigarette in der Hand eingeschlafen. Sonst kam niemand zu Schaden. Listenplatz Nummer 5. Lediglich Nummer 4 blieb offen.

„Das ergibt drei tödliche Unfälle, einen Mord und einen Selbstmord", resümierte Falk wenig später vor seiner Mannschaft. „Dazu kommen aktuell der Unfall von Weinstein und der Selbstmord seiner Frau, die in der Liste noch nicht enthalten sind. Das ist selbst für eine weitverzweigte Verwandtschaft eine bemerkenswerte Serie. Ainetter scheint das Erbglück gepachtet zu haben."

„Oder er hilft nach", bemerkte Lerchenfelder. „Jeder ist seines Glückes Schmied, heißt es doch."

Weit nachdenklicher als bei den vorangegangenen Sitzungen warf Prüller sein Argument in die Waagschale:

„Was zu beweisen wäre."

Falk quittierte die Wendung mit einem erstaunten Blick. Es entwickelte sich eine Diskussion, die er kurz vor Mittag mit der Verteilung von Aufgaben beendete.

22

Schilling hatte für ihre Besuchsmission Termine vereinbart. Sein erster führte ihn am frühen Nachmittag zu jenem Dr. Weinstein, der den Codename ‚Onkel Hans' trug. Onkel Hans bewohnte ein Häuschen mit etwas Wiese, einigen Obstbäumen und vielen, jetzt leeren Beeten in Krumpendorf. Er empfing Falk, als handelte es sich bei seinem Besitz um Schloss Schönbrunn und bei ihm selbst um den Chef des Familienunternehmens Monarchie. Der ältere Herr mit dem dünnen, weißen Haar war nicht groß, hielt sich aber so aufrecht wie die Fahnenstange, die neben dem Windfang emporragte. Vermutlich verfügte der Clan über seine eigene Flaggensammlung für besonders wichtige Geburts-, Hochzeits- und Todestage, mutmaßte Falk, zur Ehre dieser Dreifaltigkeit des bürgerlichen Lebens.
„Treten Sie ein", befahl Kaiser Onkel Hans, „aber putzen Sie die Sohlen ordentlich ab."
Er wies auf ein Schmutzgitter, dem eine grobe und eine feine Borstenmatte folgten. Dahinter kamen die offen stehende Eingangstür, ein winziger Vorraum, dann rechter Hand die Küche und geradeaus ein Wohnzimmer. Die Einrichtung mutete abenteuerlich an. Um einen alten Campingtisch standen vier Sessel völlig unterschiedlicher Herkunft, in einer Ecke ein Biedermeiersofa, dessen Streifenbezug wieder an eine Campingliege erinnerte. Neben einem schönen Nussholzschrank ragten weiße Regalbretter in den Raum, der graue Plastikboden kontrastierte mit einer opulenten Kassettendecke, von der eine rohe Glühbirne baumelte. An den Wänden hingen zwei Impressionisten, die einfach Kunstdrucke sein *mussten*, obwohl sie gar nicht nach Kunstdruck aussahen, dazwischen mit Klebestreifen befestigte Fotos, Zeitungsausschnitte, Postkarten ... Entweder war der Bewohner dieses Zimmers völlig frei von jeglicher Konvention oder er hatte nicht alle Tassen im Schrank.
„Setzen Sie sich."

95

Falk wählte einen alten Thonet-Sessel, der einen relativ stabilen Eindruck machte, sein Gastgeber ließ sich auf dem Sofa nieder. Sein Anzug hatte bessere Tage gesehen und an seinen Hausschuhen hatten die Motten genascht, aber der klare, feste Blick und die Lachfältchen um die Augen erweckten nicht den Eindruck, als ob in seinem Schrank auch nur eine einzige Tasse fehlte.

„Geht es um den Selbstmord von Julia? Ich glaube nicht daran."

„Weshalb nicht?"

„Sie hatte keine Fantasie. Um Selbstmord zu begehen, muss man sich vorstellen können, was passiert, wenn man es nicht tut. Und diese Alternative muss so schrecklich sein, dass man den Selbstmord als das kleinere Übel vorzieht. Viel zu viele Gedankengänge für Julia."

„Wäre sie in der Lage gewesen, ihren Mann zu töten?"

„Niemals. Schon gar nicht auf diese Tour mit dem Schal."

Wider besseres Wissen staunte Falk erneut über die Breite des Informationsstroms, der offenbar jedes Mitglied des Clans in Windeseile erreichte.

„Bei ihm könnte es ein Unfall gewesen sein", überlegte er laut. „Aber wenn es bei ihr kein Selbstmord war, dann bleibt nur ..."

„Mord. Ganz klar", unterbrach ihn der alte Herr mit blitzenden hellblauen Augen. „Und Sie wollen wissen, wer dafür in Frage kommt."

„Das ist mein Job", murmelte Falk.

„Genau da kann ich Ihnen nicht helfen. Ich habe darüber nachgedacht, finde aber keine Erklärung."

„Wissen Sie, dass sie Liebhaber hatte?"

Onkel Hans schien ehrlich überrascht, dann ging ihm ein Licht auf.

„Das muss Richard eingefädelt haben, er brachte ja keinen mehr hoch, der arme Kerl. Schlauer Schachzug, passt zu ihm."

96

„Wenn sich die Mord-Selbstmordtheorie durchsetzt, wird Ihr Neffe Anselm bald wieder eine Erbschaft antreten. Was macht er eigentlich beruflich?"

„Erben", bemerkte Weinstein trocken. „Ich nenne ihn ja auch den Berufserben. Aber ich fürchte, bei ihm liegen Sie falsch. Er ist ein fescher Bub, lieb, heiter, sogar witzig, aber trotzdem nicht der Hellste."

„Inwiefern?"

„Sie haben nach seinem Beruf gefragt. Er hat keinen. Hie und da macht er ein kleines Geschäft, nascht bei dem einen oder anderen Grundstücksverkauf mit, aber den Großteil seiner Zeit verplempert er bei diversen Veranstaltungen. Wenn er nicht gerade Verwandte besucht oder bei seinem reizenden Weib hockt. Haben Sie schon mit den beiden gesprochen?"

„Sie sind die nächsten auf meiner Liste."

„Dann will ich nicht vorgreifen."

Gelassen wartete er auf Falks nächste Frage, die sich auf Erbschaft Nummer 4 bezog.

„Ist – oder war – Ihnen Frau Kremser bekannt?"

„Adele? Natürlich. Die Ärmste ist vor einigen Jahren an Krebs gestorben. Nur drei Monate nach ihrer Schwester übrigens. Die starb an einer Pilzvergiftung."

„Wissen Sie mehr darüber?"

„Grüner Knollenblätterpilz. Man hat damals vermutet, sie habe ihn mit einem Champignon verwechselt. Kompletter Unsinn, natürlich. Kein Kind, das sich ein bisschen auskennt, verwechselt die beiden. Gertraud galt als Expertin. Sie verwendete Pilze, die ich nicht einmal dem Namen nach kenne."

„Hat es keinen Verdacht erregt, dass gerade ihr so ein Irrtum widerfuhr?"

„Nicht bei ihren Bekannten. Sie war ein wandelndes Lexikon, aber im Alltag schrecklich zerstreut. Bestimmt hatte es sich bei dem Giftpilz um ein besonders schönes Exemplar gehandelt, das sie für ihre Sammlung fotografieren wollte, ehe sie ihn wegwarf. Und dann landete er versehentlich auf dem Küchenbrett und in der Pfanne."

„Auch ein schönes Erbe für Ainetter."

„Sie meinen, er tötet zuerst die Schwester als nächste Angehörige und wartet anschließend auf den natürlichen Tod von Adele? Sie überschätzen ihn wirklich."

Ansichtssache, fand Falk. Immerhin spielte auch bei Erbschaft Nummer 4 ein Unfall mit.

„Hat sich am Abend vor Weinsteins Tod etwas Ungewöhnliches ereignet?"

„Ungewöhnlich nur in dem Sinn, dass meine Cousine Theresa von Begegnung zu Begegnung einen höheren Zangengrad erreicht. Das ist für Sie allerdings nicht von Interesse."

„Zangengrad?", fragte Falk.

„Genau. Jungen Frauen ist es häufig nicht anzumerken, doch ab einem bestimmten Alter entwickeln sich gemäß meiner Zangentheorie fast alle zu Zangen, mehr oder weniger stark ausgeprägt. Je ausgeprägter, desto höher der Zangengrad. Eine allgemein gültige Formel habe ich leider noch nicht gefunden."

Falk sah ihn mit großen Augen an. Plötzlich begann der alte Mann zu schmunzeln.

„Sie sind mir auf den Leim gegangen, Chefinspektor. Das war ein Scherz. Allerdings", fügte er hinzu, „mit durchaus ernstem Hintergrund."

Falk nahm sich vor, seinem Schwiegervater davon zu erzählen. Der würde bestimmt Geschmack daran finden. Beim Hinausgehen warf er noch einen Blick auf die Impressionisten. Sie sahen definitiv *nicht* nach Kunstdruck aus.

23___

Das Haus der Ainetters lag in einer sehr schmalen
Seitengasse. Die Anrainer hatten teils ihre Gärten geöffnet,
um Parkmöglichkeiten für sich und ihre Besucher zu schaffen.
Man sah den Häusern an, dass sie ihre beste Zeit hinter sich
hatten, oder vielmehr eine beste Zeit gar nicht kannten, weil
sie allzu schlicht entworfen worden und die Proportionen der
Baukörper in sich selbst nicht stimmig waren. Nummer 12
machte keine Ausnahme: ein grauer Würfel mit spitzem Dach
und schmalen Fenstern, so verteilt, dass die Fassade aussah
wie ein schiefes Gesicht. Ein gelber Sportwagen stand vor
einer Garageneinfahrt, Falk presste sein Dienstfahrzeug
möglichst knapp dazu, um nicht die Gasse abzusperren. Was
er vom Garten zu sehen bekam, machte einen verwilderten,
ungepflegten Eindruck. Der Nebel hatte sich zur
Abwechslung einmal verflüchtigt. Langgestreckte, knollige
Wolkenbänder, auf dem blassblauen Himmel dick aufgetragen
wie graues Silikon, erglühten im roten Licht der letzten
Sonnenstrahlen. Er drückte auf den Klingelknopf neben der
Eingangstür.
Anselm Ainetter, der Berufserbe, öffnete ihm
höchstpersönlich. Er begrüßte Falk mit einem kleinen Lächeln
und sanfter Ironie in der Stimme.
„Sie sind äußerst pünktlich, Chefinspektor."
„Es freut mich, dass Sie gleich Zeit für mich gefunden
haben."
Er wurde hinein gebeten und folgte dem Hausherrn über eine
schmale, ausgetretene Treppe in den ersten Stock. In einem
kleinen, eher schäbigen Vorraum wurde ihm aus dem Mantel
geholfen. Auf einem Bord gegenüber der Garderobe standen
mehrere Pokale, darüber hingen Urkunden. Turnier- und
Meisterschaftssiege im Armbrustschießen, ausgestellt auf
Kristin Ainetter. Die jüngste aus 2007.
„Ein ungewöhnliches Hobby", bemerkte Falk.
„Viel mehr als ein Hobby, eine Leidenschaft."

99

Sie betraten einen Wohnraum, der zugleich wohl als Esszimmer diente. Er wurde dominiert von einem großen, ovalen Tisch, auf dem ein gehäkeltes Deckchen lag. Darauf stand eine atemberaubend hässliche Vase mit künstlichen Rosen darin. Die Tapeten wirkten schwer und dunkel, ebenso die dicken Vorhänge. Gepolsterte Sessel umzingelten den Tisch wie hochbeinige, altertümliche Krieger, mit viel Schnitzwerk versehen und von ungemütlichem Charakter. Hinter dem Tisch hing ein riesiges Ölbild an der Wand, auf dem eine barbusige Schönheit mit wehendem Haar und einem Schwert in der erhobenen Hand, ein Heer in die Schlacht führte. Über die restlichen Wände verteilte sich eine kleine Auswahl von Stillleben, ausschließlich Blumensträuße und reichlich Obst. Ein Schreibtisch stand da, eine Kommode, ein Glaskasten, ein Sofa, jede Menge dunkelbraunes, mit Schnitzereien verziertes Holz, ein schon fadenscheiniger Teppich auf Tafelparkett, die geballte Wucht eines verblichenen Bürgertums. Und mitten in dieser bedrückenden Atmosphäre der blonde Adonis, der Falk mit übertriebener Höflichkeit einen Platz anbot und in Richtung einer zweiten, angelehnten Tür rief: „Kommst du, Schatz? Unser Gast ist hier."

Eine Frau trat ins Zimmer, wie Falk sie niemals an der Seite Anselm Ainetters erwartet hätte: ein farbloses Wesen mit zu langer Nase, zu schmalen Lippen, zu spitzem Kinn, das schon grau melierte Haar streng nach hinten gebürstet und zu einem kleinen, harten Knoten gefasst. Sie trug ein moosgrünes Sackkleid, das von ihren Schultern herabhing wie von einem Kleiderbügel. Ihre Augen waren von einem sehr hellen Blaugrün. Sie legte keinen Wert darauf, auch nur einen Funken Wärme hinein zu legen, als sie Falk zunickte. Ainetter gab sich dagegen charmant und gut gelaunt. Er setzte sich neben sie, nahm ihre Hand und küsste sie. Sie ließ sie auf der seinen liegen. Es war ein doppelter Kontrast, denn sie hatte ausgesprochen schöne, schlanke Hände. Seine waren dagegen breit, mit kurzen Fingern.

100

Der ironische Ton Ainetters verstärkte sich.
„Wie ich höre, untersuchen Sie den Selbstmord der armen
Julia. Haben Sie begründete Zweifel?"
„Hätten Sie ihr so eine Tat zugetraut?"
„Den Mord oder den Selbstmord?"
„Beides."
Er lächelte seine Frau an. Sie erwiderte seinen Blick und für
einen Moment fiel ihre Maske und machte purer Anbetung
Platz. Es dauerte nur den Bruchteil einer Sekunde, fast wie ein
Blitz. Ainetter wandte sich wieder Falk zu.
„Eigentlich weder das eine noch das andere. Aber wenn das
erstere zutrifft ... Dann steht plötzlich ein Kriminalbeamter
vor der Tür und stellt Fragen. Zuerst denkt sie sich nichts
dabei. Ohne ihr zu nahe zu treten, man konnte sie nicht als
schnelle Denkerin bezeichnen, doch nachdem der Beamte das
Haus verlassen hat, kommen ihre Gedanken in Gang,
langsam, aber stetig."
Seine strahlenden Augen funkelten vor Vergnügen. Er wusste
natürlich, dass Falk jener Beamte gewesen war.
„Sie beginnt, die Gefahr zu ahnen und in ihrer Fantasie wächst
sie zu einem Monster heran – nur in ihrer Fantasie,
wohlgemerkt. Aber Angst hat ein Eigenleben. Es kommt nicht
darauf an, ob ein anderer sie nachempfinden kann, es kommt
einzig und allein darauf an, dass sie dich in ihren Klauen hält
und mit dir macht, was sie will."
„Ihr Onkel Hans glaubt nicht, dass sie dazu fähig gewesen
wäre."
Sein Lächeln wurde maliziös.
„Onkel Hans ist bisweilen ein wenig sonderlich. Waren Sie in
seinem Wohnzimmer, wie er es nennt?"
Falk nickte.
„In dieser Rumpelkammer hängen zwei echte Monets, die mit
Sicherheit tausendmal mehr wert sind als das gesamte
Anwesen. Dabei lebt er von selbst gezogenem Gemüse. Das
ist doch schrullig."

Die beiden schienen nicht viel voneinander zu halten, aber das kommt in den besten Familien vor.

„Wussten Sie, dass Frau Weinstein Liebhaber hatte?"

Ainetter hob verwundert die Augenbrauen.

„Ich hatte keine Ahnung. Sind Sie sicher?"

Er amüsierte sich immer noch, aber viel verhaltener. Falk ahnte warum, als seine Gattin erstmals den Mund aufmachte.

„Dann hat sie den Tod verdient."

Ihre Stimme und ihr Blick ließen keinen Zweifel daran, dass sie es gerade so meinte. Er wollte es genau wissen.

„Sie verdient den Tod, weil sie einen Geliebten hatte?"

Prompt antwortete sie.

„Wer seinen Partner betrügt, verdient es zu sterben."

Ainetter streichelte ihre Hand und zwinkerte Falk verstohlen zu.

„Dann wäre Kärnten ziemlich menschenleer, Schatz. Was hätte der Chefinspektor da noch zu tun?"

Sie sah ihn an und lächelte nun selbst. Man merkte ihr an, dass es für sie eine seltene Übung bedeutete.

„Ich sage das ja nur so, Liebling."

„Sie waren am Abend vor Herrn Weinsteins Tod bei ihm eingeladen. Ist Ihnen irgendetwas aufgefallen?"

„Das Essen war hervorragend."

„Davon abgesehen?"

„Nichts, Herr Chefinspektor. Ein familiärer Kreis, alle kennen sich gut, alle sind entspannt, niemand muss etwas darstellen, man plaudert, pflegt gemeinsame Erinnerungen ... Einfach nett."

„Wenn man von Mord und Selbstmord ausgeht, musste Frau Weinstein zu diesem Zeitpunkt ihrem Mann schon nach dem Leben trachten. Verhielt auch sie sich wie sonst?"

Ainetter dachte nach.

„Ich habe jedenfalls nichts Ungewöhnliches an ihr bemerkt. Manche Menschen sind unglaublich nervenstark."

„Sie, Frau Ainetter?"

Sie blickte ihn wieder vollkommen teilnahmslos an, als säße sie hinter zentimeterdickem Glas.

„Nichts."

Falk ließ seinen Blick über die breiten, vergoldeten Bilderrahmen streifen, die dünnen Goldleisten, die die Tapeten oben abschlossen, die reizlose Frau mit den schönen Händen, den schönen Mann mit den plumpen Händen, der sich über ihn amüsierte, während ihr Eispanzer undurchdringlich schien. Abgesehen von den Momenten, in denen sie ihren Gatten anhimmelte. Er konnte sich nicht erinnern, jemals einem so gegensätzlichen Paar begegnet zu sein, dazu dieses Zimmer, das ihn bedrückte ... Es wirkte wie eine Inszenierung, aber die beiden lebten tatsächlich hier. Auf dem Schreibtisch stapelten sich Papiere, Kuverts, eine aufgeschlagene Zeitung, auf der Kommode stand ein Korb mit einer angefangenen Strickarbeit.

Falk hätte gerne die anderen Räume des Hauses gesehen, bis hin zum Schlafzimmer dieses Ehepaars.

Sie kamen nicht auf die Idee, ihm etwas anzubieten. Er lächelte verbindlich.

„So eine Tragödie im nächsten Umfeld muss eine schreckliche Erfahrung sein. Umso schlimmer, wenn es sich um eine Wiederholung handelt. Sogar wenn man finanziell davon profitiert. Erstaunlich, wie gut Sie damit fertig werden."

„Es ist so, wie Sie sagen, Chefinspektor", erwiderte Ainetter um nichts weniger verbindlich. „Fast schicksalhaft, könnte man meinen. Aber bei einer so weit verzweigten Familie sind Ereignisse aller Art nicht unwahrscheinlich. Nicht einmal die Häufung von Ereignissen."

Falk erhob sich. Der Berufserbe sprang auf.

„Sie wollen uns schon verlassen?"

Gestik und Ton brachten die höfliche Frage in die Nähe einer offenen Verhöhnung. Falk konnte sich die Bemerkung nicht verkneifen: „Ich hoffe auf ein Wiedersehen."

103

Kristin Ainetter nahm seinen Abschied gar nicht zur Kenntnis. Sie blickte in Richtung ihrer Strickerei. Ainetter folgte Falk, der seinen Mantel nahm und die Treppe hinunter lief. In der offenen Tür fragte er: „Unterrichtet Ihre Frau an der Abendschule?"

Falk starrte ihn an. Noch harmloser, als Ainetter in diesem Moment lächelte, konnte ein Lächeln nicht sein. Dazu passend die sanfte Stimme.

„Ich habe auch manchmal dort zu tun, daher kenne ich sie flüchtig. Klagenfurt ist wirklich ein Dorf. Grüßen Sie sie doch von mir."

Die Tür schloss sich leise.

Falks Außenspiegel stand in einem sehr ungesunden Winkel zur Seite. Er versuchte, ihn gerade zu richten, doch da war etwas gebrochen. Natürlich keine Nachricht vom Verursacher. Er stieg ein und fuhr nach Hause. Mit ein wenig Glück würde er seine Frau treffen, ehe sie zur Arbeit ging.

Sie öffnete eben die Garage, als er vor dem Gartentor hielt. Die Frage nach Ainetter verblüffte sie.

„Hin und wieder hält er einen Vortrag im Auftrag der Wirtschaftskammer. Es gibt eine Kooperation für den Praxisteil. Ich weiß nicht, welches Spezialgebiet er hat."

„Kannst du das herauskriegen?"

„Sicher. Was ist mit ihm?"

„Nichts. Er ist ein schöner Mann. Er lässt dich grüßen."

Sie setzte ihr kokettes Lächeln auf, das ihn ehemals regelmäßig in einen Zustand entzückter Wehrlosigkeit versetzt hatte.

„Schön und charmant."

Ein hingehauchter Kuss traf seine Wange.

„Ich muss jetzt."

24

Er hätte viel dafür gegeben, wenn ihm jemand erklärt hätte, was mit seinen Gefühlen los war. Löste Liebe sich einfach auf und bildete sich neu, mit neuen Zielen?

Falk merkte, dass er in Kreisen zu denken begann, in konzentrischen Kreisen, manche größer, manche kleiner, aber alle mit einem unverrückbaren Mittelpunkt, das verhieß nichts Gutes. Auf dem Weg ins LKA hielt er an der Kneipe am Ende ihrer Wohnstraße und trank zwei Gläser Bier, um die Kreise zu verwischen. In seinem Büro erwartete ihn bereits Inspektorin Schilling.

Frau Schubert, im Clan-Code Tante Resi, war nicht erreichbar gewesen, Schilling würde es später nochmals versuchen. Sie hatte jedoch mit Josef Korentschnig gesprochen, natürlich auch er irgendwie verwandt mit Weinstein. Man hatte ihn und seine Gattin häufig eingeladen, weil sie sich mit Julia Weinstein gut verstanden.

„Nicht richtig befreundet, aber im gleichen Alter, sie saßen immer beieinander. In der schönen Jahreszeit ging der Mann oft mit Weinstein segeln. Beide besaßen Boote am Wörthersee. Sie hielten auch regelmäßig Kontakt mit Ainetter. Der ist wohl so eine Art Familiengleitmittel."

Sie stockte kurz und fuhr hastig fort:

„Ich meine, einer der die Verbindungen aufrecht erhält, der alle trifft, alle Neuigkeiten kennt und weitergibt, der dafür sorgt, dass die Beziehungen nicht einschlafen."

„Ein Netzwerker, der gerne auch als Erbe zur Verfügung steht."

„Ja. Korentschnig zeigte sich ein bisschen irritiert, als ich diesen Punkt so nebenhin erwähnte. Frau Weinsteins Selbstmord kam für ihn jedenfalls vollkommen überraschend. An jenem Abend deutete nichts auf ein Drama hin. Ein harmloses Familientreffen, ein bisschen langweilig vielleicht, aber ..."

„Marthas Essen, ich weiß. Ich möchte, dass Sie auch mit Frau Korentschnig sprechen. Sie stand ihr vielleicht näher als er. Und es würde mich interessieren, was sie von Ainetter hält."

„Was halten Sie von ihm?"

„Er ist extrem selbstsicher, nicht im Mindesten besorgt, im Gegenteil, er macht sich lustig über uns."

Und in dem Moment als Falk diesen Satz sprach, wurde ihm klar, dass er selbst sich durch Ainetter offenbar bedrohter fühlte als umgekehrt.

Schilling überlegte.

„Warum macht er sich lustig über uns?"

„Ich weiß nicht. Es scheint ihn gar nicht zu kümmern, dass wir in dieser Sache ermitteln. Dabei weiß er genau, dass er einem schwerwiegenden Verdacht ausgesetzt ist, davon bin ich überzeugt."

„Vielleicht fehlt es ihm einfach an Respekt."

Falk wusste, dass Inspektorin Schilling nicht irgendeine Art von altmodischem Respekt meinte, der mehr auf Unterordnung und Furcht beruhte, sondern jenen freiwilligen, allgemein menschlichen Respekt, der den meisten – mehr oder weniger stark entwickelt – in die Wiege gelegt ist. Manchen allerdings nicht. Schilling lächelte ihm wie entschuldigend zu und verließ sein Büro.

25___

Als er wenig später seine E-Mails abrief, fand er ein paar
Dateien, die Clemens Graf ihm kommentarlos geschickt hatte.
Vier weitere Fotos von Ainetter und eine Kopie seiner
Rechnung im Corso, eine unverschämt hohe Rechnung. Falk
betrachtete die Fotos, allesamt Gruppenfotos und offenbar bei
gesellschaftlichen Anlässen aufgenommen, wofür schon die
übersteigerte Anspannung in den Gesichtern sprach, jener
Zwang zu Fröhlichkeit und guter Laune, der bei solchen
Festen obligatorisch ist. Ainetter entzog sich diesem Zwang
und blickte mit Ironie in die Kamera. Seine Frau, die einmal
mit im Bild war, wirkte mit ihrer starren, kühlen Miene wie
ein Fremdkörper. Im Umfeld der allzeit Lustigen hatte sie
bestimmt einen schweren Stand. Vielleicht mit ein Grund,
warum sie nur auf einem Foto aufschien. Die anderen
Personen kannte Falk nicht. Mit einem
Bildbearbeitungsprogramm machte er Ausschnitte von
Ainetter und seiner Frau und druckte sie aus. Die Qualität war
gut. Er legte sie nebeneinander auf den Tisch und begann in
ihnen zu lesen. Die meisten Leute, die Bilder betrachten,
begnügen sich mit dem ersten, oberflächlichen Eindruck. Falk
glaubte – oder bildete es sich ein – dass ein Foto viel mehr
über eine Persönlichkeit verrät, wenn man es nur lange genug
studiert. Wenn man hinter die erste Schicht blickt und
Äußerlichkeiten wie aufgesetzte Lächeln und bedeutungsvolle
Mienen bei Seite lässt. Vor allem die Augen sind interessant.
Es ist nicht einfach, mit offenen Augen in die Welt zu blicken
und sein Inneres dabei hermetisch zu verschließen.
Tatsächlich ist es das Zusammenspiel aller Gesichtszüge, aller
Fältchen und Falten und eben nicht zuletzt der Augen, die
hinter einem beliebigen Schnappschuss die Konturen einer
Persönlichkeit entstehen lassen.
Bei Ainetters Frau zeichnete es die Konturen einer weißen,
harten, glatten Wand – falls man in diesem Fall überhaupt von
Konturen sprechen konnte. Was und ob sich etwas hinter der

Wand befand, blieb unerforschlich. Das Gesicht hätte einer Wahnsinnigen gehören können, oder einem Menschen, der keinerlei Wahrnehmung der Außenwelt besaß. Doch Falk erinnerte sich an die Anbetung, mit der sie ihren Mann angesehen hatte. Eine Anbetung, die ihm in ihrer Grenzenlosigkeit bedrohlich erschien – wie jede grenzenlose Anbetung, egal, wem sie gilt.

Ainetters Konturen erwiesen sich dagegen als äußerst vielschichtig. Abgesehen von der offenkundigen Ironie, fiel die Respektlosigkeit auf, von der Schilling vorhin gesprochen hatte. Eine kaum verhohlene Respektlosigkeit, die mehr ausdrückte als die bloße Überheblichkeit eines allzu schönen Mannes. Und da verbarg sich noch etwas in diesen Augen, beinahe nicht zu erkennen hinter dem spöttischen Funkeln. Je länger Falk sie betrachtete, umso mehr fühlte er es: eine diabolische, fast hypnotische Anziehungskraft, ein dunkles Versprechen. Ainetters vordergründige Ironie bildete nur ein Ablenkungsmanöver, einen Tarnmantel – wofür genau? Für grenzenlose Skrupellosigkeit? Band beider Grenzenlosigkeit dieses äußerlich so gegensätzliche Paar in seinem Innersten aneinander?

So viele scheinbare Zufälle, wie sie hier zusammentrafen, alle zugunsten eines einzigen Mannes, legten einen Schluss nahe: man hatte dem Zufall heimlich nachgeholfen. Andererseits erstreckten sich die für den Berufserben so vorteilhaften Ereignisse über mehr als 20 Jahre. In zwei Jahrzehnten kann viel geschehen, umso mehr und umso wahrscheinlicher, je größer und weitverzweigter eine Familie ist. All diese Onkel und Tanten, Neffen und Nichten, Cousins und Cousinen in schwindelerregenden Verwandtschaftsgraden bildeten letztlich eine eigene Subpopulation, ein unsichtbares Volk im Volke, auf das die Bezeichnung Familie gar nicht mehr richtig passte. Erschien es nicht denkbar, dass in diesem Wirrwarr eine Person wie Ainetter, ein Familiengleitmittel, das alle kannte, alle besuchte und von fast allen geschätzt wurde, Erbschaften geradezu magnetisch – aber auf natürliche Weise

– anzog? Mochte dann eine Häufung von Erbfällen zu seinen Gunsten nicht sogar um ein Vielfaches wahrscheinlicher sein als etwa die Chance, einen Lotto-Sechser zu tippen? Oberst Prettner dachte so, natürlich auch getrieben von seinen eigenen verschlungenen Interessen, ebenso Prüller, möglicherweise auch Lacher. Und die anderen dachten es zumindest als mögliche Alternative zu einer nur schwer vorstellbaren Verbrechensserie. Warum dachte er, Falk, nicht so? Weil er das Ehepaar Ainetter persönlich kennen gelernt hatte und Fotos las? Nein. Aus irgendeinem Grund wusste er, dass Julia Weinstein, der missmutige Philodendron, sich niemals selbst umgebracht hätte. Niemals. Also hatte man sie ermordet. Und dann war eine zufällige Häufung nicht mehr wahrscheinlich. Dann war sie um ein Vielfaches unwahrscheinlicher als ein Lotto-Sechser.

Er ordnete seine Unterlagen, steckte eine Zigarette zwischen die Lippen und fuhr nach Hause. Gegen elf kehrte seine Frau vom Unterricht zurück. Sie berichtete, dass Ainetter gelegentlich über das Maklergewerbe referiere. Ein Kollege habe dazu säuerlich angemerkt, dass der Schönling davon zwar nicht viel verstünde, ein hohes Tier der Wirtschaftskammer aber auf ihm als Referenten bestanden habe.

„Das Netzwerk", murmelte Falk.

„Muss allerdings nicht viel bedeuten", fügte sie hinzu. „Der Säuerliche verbreitet Missgunst wie die Sonne Licht – in alle Richtungen gleichzeitig. Willst du mir nicht sagen, warum du dich für Anselm interessierst?"

„Anselm?"

„Er ist ein Kollege", lächelte sie.

„Der Typ ist am Rand einer Ermittlung aufgetaucht und hat deinen Namen erwähnt, weiter nichts."

Falk merkte ihr an, dass sie gerne mehr erfahren hätte, aber sie drang nicht weiter in ihn. Er wollte an diesem Abend mit ihr schlafen, doch sie war zu müde.

26

Um vier Uhr morgens klingelte das Telefon. Wieder ein Raubüberfall. Und diesmal handelte es sich um Raubmord. Das Opfer hatte die Schläge und Tritte der Angreifer nicht überlebt. Keine Zeugen.

Als Falk am Tatort eintraf, galt die erste Meldung schon nicht mehr. Der Mann wies schwere äußere Verletzungen auf, als Todesursache stellte der Arzt jedoch Ersticken fest. Indirekt hatte möglicherweise sogar eine motorisierte Streife damit zu tun gehabt, die zum mutmaßlichen Tatzeitpunkt im Schritttempo vorüber gerollt war. Die Spuren deuteten darauf hin, dass die Täter sich hinter den breiten Säulen eines Arkadenganges verborgen hielten und einer das Opfer würgte, um jeden Laut zu verhindern. Als die Streife endlich außer Sicht war, ließen sie den Sterbenden mit gebrochenem Zungenbein und Kehlkopf zurück und flüchteten. Dieselbe Streife entdeckte nach einer weiteren Runde um den Block den Toten. Von den Mördern fehlte jede Spur.

Der Tag war ausgefüllt mit Analysen, Besprechungen, Befragungen, Autopsie, Spurensicherung und -auswertung und einer Vielzahl von Anfragen, die beantwortet und Hinweisen, denen nachgegangen werden musste. Falks Telefon mochte am späten Nachmittag wohl zum hundertsten Mal klingeln. Er hob ab.

„Ja?"

Eine schüchterne Jungenstimme fragte:

„Sind Sie am Apparat, Herr Chefinspektor?"

„Ich bin Chefinspektor Falk. Wer spricht denn?"

„Hier ist Kurt Stippach."

„Wer?"

„Kurt Stippach, wir sind die Nachbarn der Familie Weinstein. Erinnern Sie sich?"

Falk horchte auf.

„Kurt, natürlich. Hier ist gerade einiges los, deshalb ..."

Gerade kam Oberst Prettner ins Büro und machte eine ungeduldige Handbewegung.

„Soll ich später anrufen?"

Der Junge klang immer eingeschüchterter, als würde er den Wirbel im LKA durch die Leitung direkt mitbekommen.

„Nein. Sag' mir nur, was du sagen wolltest."

„Es ist wegen der Fenster. Ich habe wieder einmal hingeschaut, aus Versehen, wirklich."

„Mhm."

„Sie waren wieder verhängt. Und das genau an dem Tag, an dem Frau Weinstein, an dem sie ...""

Nun brach die Stimme und Falk vernahm ein ersticktes Schluchzen. Prettner fuchtelte vor ihm herum und bedeutete ihm, dass er endlich auflegen möge. Falk ließ sich nicht beirren.

„An welchem Tag, Kurt?"

„An dem Tag, an dem sie gestorben ist", schniefte der Junge.

„Das könnte sehr wichtig sein", sagte Falk. „Vielen Dank für deinen Anruf. Ich muss jetzt aufhören, aber ich melde mich wieder, okay?"

„Okay."

„Was könnte wichtig sein?", fragte Prettner, noch bevor Falk den Hörer aufgelegt hatte.

„Frau Weinstein war an ihrem Todestag nicht allein. Sie hatte Besuch."

„Na und?", ereiferte sich der Oberst. „Gehen Selbstmörder in Klausur, ehe sie sich vor den Zug werfen? Wissen Sie wenigstens, wer sie besuchte?"

„Nein."

„Dann hören Sie *bitte* einmal mir zu!"

Und er berichtete, dass man in Wien sehr besorgt sei und sich frage, ob die Kollegen in Klagenfurt wohl mit dem Fall – Überfälle und Raubmord – zurecht kämen.

„Bürokraten und Wichtigtuer", grummelte Falk in sich hinein.

„Was sagen Sie?"

„Wir kommen zurecht, Herr Oberst."

111

„Und Sie meinen, das genügt Freddy?"
Falk blickte seinen Vorgesetzten fest an.
„Soviel ich weiß, ist die Kriminalitätsrate in Freddys Wien
bedeutend höher als bei uns. Wie kommen die Wiener
Kollegen damit zurecht?"
Prettner starrte ihn empört an und stürmte aus dem Büro.
Kurz vor Mitternacht verließen Falk und Lacher das LKA, um
in einer Bar noch etwas zu trinken.
Der sonst so gut gelaunte Lacher war einsilbig, starrte
minutenlang in sein Bier und brauchte drei Gläser, um seine
innere Blockade zu überwinden.
„Tut mir leid wegen vorgestern", stieß er endlich hervor.
„Prettner hat mir eine richtige Gehirnwäsche verpasst, wie
vorsichtig wir in diesem Fall sein müssen, nur ja niemandem
auf die Zehen treten und all das. Als ob diese Leute
unantastbar wären! Du hattest schon Recht. Wir sind ja nicht
im diplomatischen Corps."
Er leerte sein Glas und bestellte ein frisches. Falk spürte, dass
seinem Kollegen noch mehr auf dem Herzen lag.
„Normalerweise hätte ich ihm das schon zu verstehen
gegeben, aber er hat mich auf dem falschen Fuß erwischt."
Lacher zögerte und Falk wartete geduldig.
„Maja und ich sind in einer schwierigen Phase."
Die Schwedin hatte vor einigen Jahren am Wörthersee Urlaub
gemacht. Drei Tage nach ihrer ersten Begegnung waren sie
und Lacher in den hohen Norden gefahren, um ihren Umzug
zu organisieren. Danach heirateten sie. Maja war eine
bildhübsche Vertreterin des offenen, skandinavischen Typs,
der den Männern in südlicheren Breiten mühelos und
reihenweise den Kopf verdreht. Falk, der sie auf etwas
distanzierte Art sehr gern mochte, hatte sich öfters die Frage
gestellt, wie weit sie dabei wohl ging. Umso mehr, als ihr
Lachers kleine Affären kaum verborgen geblieben sein
konnten.
„Liebst du sie noch?"
„Ich weiß nicht, ja, ich glaube schon."

„Liebt sie dich?"

„Wahrscheinlich langweile ich sie."

Sie saßen an einem Ecktisch, an der Theke standen drei Männer, die sich unterhielten und sich mit Whiskey zuprosteten, in zwei der Nischen flüsterten und schmusten verliebte Pärchen.

„Redet ihr darüber?"

„Nein. Wie denn?"

Falk gab ihm keine Antwort. Er dachte an Monika, an Antonia, mit der er ein einziges Mal geschlafen hatte, die er liebte, obwohl er auch Monika liebte ...

Spontan fragte er: „Haben deine Halluzinationen damit zu tun?"

Lacher wurde knallrot.

„Woher weißt du? Ich habe die Pilze nur einmal probiert, das schwöre ich dir!"

Falk winkte ab. *Pilze* – sowas rührten nicht einmal die Schilehrer an, die sonst vor keiner Ferkelei zurückschrecken. Fragte sich nur, wie Lerchenfelder davon erfahren hatte.

Er betrachtete seinen Stellvertreter, der betrübt in sein Bier starrte. Ihm fiel nichts ein, womit er seinen Kollegen oder sich selbst aufmuntern konnte, außer: „Zwei Whiskeys!"

27___

Die Auswertung der Spuren rund um den Tatort an der Bahn und im Van von Frau Weinstein brachte keine neuen Hinweise. Falk legte die Berichte zur Seite und setzte die Ermittlungen im Raubmord fort. Inspektorin Schilling machte an diesem Donnerstag die letzten beiden der geplanten Besuche und erstattete nach dem Essen – sie teilten sich zwei zähe Wurstsemmeln – ihren Bericht.

„Sonja Korentschnig war tatsächlich ein wenig mit Julia Weinstein befreundet – obwohl ich glaube, dass sie es jetzt überbetont, vielleicht aus schlechtem Gewissen, weil sie glaubt, die Freundin nach dem Tod des Mannes vernachlässigt zu haben. Jedenfalls ist sie ehrlich entsetzt über den Selbstmord und hätte ihn ihr nie zugetraut. Leider ist sie als Zeugin nicht viel wert. Trotz ihrer Jugend hat sie ein Gedächtnis wie ein Sieb. Sie weiß nicht einmal genau, wer an dem Abend anwesend war, und wenn ihr irgendwas aufgefallen sein sollte, was ich bezweifle, hat sie es mittlerweile vergessen."

„Trinkt sie?"

Schilling dachte nach.

„Wäre möglich. Sie ist bestimmt viel allein, hat keine Kinder, aber einen Beruf übt sie auch nicht aus. In der Wohnung liegen stapelweise Illustrierte herum. Allerdings keine Flaschen."

„Und Tante Resi alias Frau Schubert?"

Schilling zog die Schultern zusammen, als ob sie fröstelte.

„Die wäre eine perfekte Zeugin. Unglaublich misstrauisch und bösartig. Bösartig trifft es nicht ganz ... Bissig ist sie, bissig wie ..."

„Eine hochgradige Zange?", schlug Falk vor.

„Ich weiß nicht, was eine hochgradige Zange ist."

„Nur eine Theorie von Onkel Hans, mit dem sie sich gerne Geplänkel liefert."

114

„Ach so. Zange stimmt. Ihr ist übrigens etwas aufgefallen: unser Berufserbe hat den ganzen Abend den Raum kein einziges Mal verlassen, obwohl er nicht wenig getrunken hat – sie zählt anscheinend jedes Glas mit, von allen. Seine Frau hingegen, die nie mehr zu sich nimmt als ein kleines Mineralwasser, ging hinaus."

28

Falk kam spät ins Bett und freute sich darauf, am Samstag auszuschlafen. Er erwachte mit Kopfschmerzen und einer ausgewachsenen Antonia-Depression.

Es ist wunderbar, verliebt zu sein, und grausam, wenn nichts an dieser Liebe passt. Wie ein Babypuzzle mit Löchern, Dreiecken und Quadraten, zu denen es kein Gegenstück gibt. Die Wüste wuchs und verdrängte die Frische und die Kraft des Wassers.

Falk fragte sich, wie viel Monika von all dem mitbekommen hatte. Sie fragte nichts, sie sagte nichts. Vielleicht *wollte* sie gar nichts merken. Auch wenn verdrängte Gefühle bei Psychologen und Psychiatern keinen guten Ruf genießen, gibt es doch immer wieder Menschen, die hervorragend damit umgehen können. Monika zählte seit jeher dazu.

Falk saß im Morgenmantel am Küchentisch und entdeckte im trüben Novembertag einen exakten Spiegel seines eigenen Zustands. Er öffnete ein Bier, trank aus der Flasche. Monika saß ihm gegenüber, barfuß, bekleidet nur mit einem dünnen weißen Nachthemd, unter dem sich ihre Brüste abzeichneten. Sie fror nie. Und sie hatte nie etwas dabei gefunden, ihre Brüste zu zeigen, was ihn vor vielen Jahren noch rasend eifersüchtig gemacht hatte.

Und nun? Vage fragte er sich, was Antonia wohl tat. Saß sie auch im Nachthemd an einem Küchentisch oder stand sie unter der Dusche? Küsste sie gerade ihren Freund? Die Leere, die sie bei Falk hinterlassen hatte, fühlte sich grau und kühl an. Sie hüllte ihn ein und machte auch ihn grau und kühl.

„Ich habe mit Anselm Ainetter geredet", sagte Monika.

Es dauerte lange, bis der schlichte Satz Eingang in Falks Abwesenheit fand.

„Worüber denn?", erkundigte er sich endlich.

Sie lachte.

„Ich habe ihn gefragt, was er angestellt habe, weil die Polizei hinter ihm her sei."

„Wieso hast du das getan?", fragte er irritiert.

„Weil du es mir nicht gesagt hast."

„Es geht um vertrauliche Ermittlungen und die Frau des Bullen plaudert darüber mit dem Verdächtigen? Das darf nicht wahr sein!"

Sie spürte seine Wut und vielleicht auch, dass mehr dahinter steckte als nur der Ärger über eine kleine Indiskretion. So lehnte sie sich mit gerunzelter Stirn zurück.

„Er hat nur gelacht und gemeint, dass er schon schreckliche Angst habe vor den Folterkammern und den Kerkern, die ihn erwarteten."

„Noch etwas?"

„Er hat mich zu einem Kaffee eingeladen. Es war sehr nett. Wir haben kein Wort mehr verloren über seine Verbrechen oder die Bullen."

Damit stand sie auf und verschwand im Badezimmer. Er hörte, wie sich der Schlüssel im Schloss drehte.

Normalerweise sperrte sie nicht zu. Falk nahm einen tiefen Zug aus der Flasche und stellte sich ans Küchenfenster, um zu rauchen. Erstmals überlegte er, ob er das Angebot seines Schwiegervaters annehmen und in die Blockhütte übersiedeln sollte.

Am Sonntag ging er ins LKA und nützte die Ruhe, um noch einmal alle Unterlagen über den Fall Weinstein zu sichten. Er aß allein in einem Gasthaus und kam erst am Abend nach Hause. Die Atmosphäre blieb gespannt. Nicht gerade Eiszeit, mehr zur Jahreszeit passend eine Stimmung kühler Herbstwinde, die die Landschaft kahl fegen und die Gespräche wortkarg machen.

29

Montag. Sie hatten eine lange Liste polizeibekannter Typen erstellt, die für die nächtlichen Überfälle in Betracht kamen. Die Liste wurde nach verschiedenen Kriterien in Gruppen gegliedert. So lag es zum Beispiel nahe, dass die Täter in der Stadt oder ihrer Umgebung lebten, als zwingend durfte man es nicht ansehen. Vielleicht gab es zwei ausreichend schlaue auswärtige Gauner, die sich für eine Stunde ins Auto setzten, ehe sie in Klagenfurt zuschlugen. Viele aus der Dringlichkeitsgruppe 1 waren schon überprüft worden. Nach dem Mord würden sie erneut Besuch erhalten. Falk beschäftigte sich den ganzen Tag mit der Organisation der Ermittlungen. Nebenbei erfuhr er von Inspektorin Lerchenfelder, dass der PC-Spezialist endlich vom Urlaub zurückgekehrt war und sich mit den im Haus Weinstein sichergestellten Geräten beschäftigte. Am Abend fühlte er sich wie erschlagen, fuhr nach Hause und fiel ins Bett.

30

Dienstag. Die Ergebnisse der PC- und Druckeruntersuchung lagen vor. Der Abschiedsbrief stammte tatsächlich aus dem Haus der Weinsteins – und zwar vom Nachmittag des 1. November, Julia Weinsteins Todestag. Das ließ nur zwei Schlussfolgerungen zu: entweder der Brief war echt und der Selbstmord ein Selbstmord. Oder der Mörder hatte sich am Tag der Tat im Haus aufgehalten und das Schreiben produziert, ohne dass Frau Weinstein es merkte. Eine Person, die sich gut auskannte. Die verhängten Fenster! Ein heimlicher Geliebter aus ihrem nächsten Umfeld. Falk rief Schilling und Heidenwandtner zu sich.
„Sie fahren auf der Stelle zu den Ainetters und bringen beide her. Wenn sie nicht zu Hause sind, finden Sie heraus, wo sie sich aufhalten. Machen Sie nicht zu viel Wirbel, aber ich will sie noch heute hier haben."
Er wählte die Nummer der Stippachs und bekam nach einigem Hin und Her Kurt an den Apparat.
„Du brauchst nicht viel sprechen, Kurt", sagte er, da er vermutete, dass die Mutter im Hintergrund zuhörte. „Weißt du noch, wie spät es war, als du zuletzt die verhängten Fenster beobachtet hast?"
„So um 17 Uhr."
„Gut. Wenn du etwas erklären musst, ich habe gefragt, wann du ihren Van gesehen hast. Okay?"
„Ja, danke."
Eine Stunde später saß ihm Kristin Ainetter gegenüber. Sie trug dasselbe grüne Kleid wie bei ihrer ersten Begegnung und eine Felljacke, die sie nicht ablegen wollte. Auf dem Schoß hielt sie mit ihren schönen Händen eine braune Handtasche, die weder zu Kleid noch Jacke passte. Sie zeigte keinerlei Emotion und hatte noch kein Wort gesprochen. Falk hatte wieder den Eindruck, dass sich hinter ihren Augen eine harte, weiße, undurchdringliche Wand befand. Und hinter der Wand?

„Wo hat sich Ihr Mann am Allerheiligentag aufgehalten, Frau Ainetter?"

„Zu Hause."

„Den ganzen Tag? Haben Sie keinen Grabbesuch gemacht?"

„Wir fuhren zum Grab der Eltern meines Mannes."

„Und dann?"

„Wir sind zurück nach Hause gefahren."

„Ist Ihr Mann an diesem Tag oder am Abend noch einmal weggegangen?"

„Nein."

„Haben Sie vielleicht das Haus verlassen?"

„Nein."

„Kann das jemand bestätigen?"

„Mein Mann."

„Sonst noch jemand, ein Besuch zum Beispiel?"

„Nein."

„Wir werden Ihre Angaben überprüfen, die Nachbarn befragen, vielleicht ist einer von Ihnen ja doch einmal kurz raus und Sie haben es vergessen?"

Sie antwortete nicht.

„Wo waren Sie am 1. November zwischen 23 und 24 Uhr?"

„Im Bett."

„Haben Sie geschlafen?"

„Ja."

„Dann könnte Ihr Mann um diese Zeit ja fort gewesen sein."

„Nein."

„Woher wollen Sie das wissen, wenn Sie geschlafen haben?"

„Ich merke, wenn er aufsteht."

„Ganz sicher können Sie sich dessen nicht sein."

Wieder gab sie keine Antwort, weil er keine direkte Frage gestellt hatte. Gab es irgendwas, womit man sie aus ihrer unerschütterlichen Ruhe bringen konnte?

„Hat Ihr Mann eine Geliebte?"

„Nein."

„Wie lange sind Sie schon verheiratet?"

„19 Jahre."

„Und in all der Zeit ist er Ihnen treu geblieben?"
„Ja."
„Er ist viel unterwegs, nicht wahr? Bei Veranstaltungen, auch abends. Begleiten Sie ihn immer?"
„Nein."
„Er ist ein attraktiver Mann, der bestimmt Gelegenheiten hat. Woher wollen Sie wissen, dass er die nicht nützt?"
„Er hat es mir geschworen."
So ging es weiter, eine Stunde, zwei Stunden. Falk spürte, dass sein Hemd am Rücken klebte. Sie sagte kein Wort mehr als unbedingt nötig, versuchte nichts hinzuzufügen oder zu erklären, nicht der feinste Riss in der harten, weißen Wand. Man meldete ihm, dass nun Anselm Ainetter in einem anderen Raum warte. Falk schickte Lacher zu Frau Ainetter, um das Verhör fortzusetzen, und er wurde das Gefühl nicht los, dass er die Flucht vor ihr ergriff. Er erkundigte sich, ob die Befragung der Nachbarn schon ein Ergebnis erbracht habe – die Beamten waren noch nicht zurückgekehrt – dann ging er zu Ainetter. Der saß mit übereinandergeschlagenen Beinen auf einem Sessel und begrüßte den Chefinspektor mit seinem ironischen Lächeln. Falk stellte sich ans Fenster und beobachtete eine Weile den Verkehr. Wieder war dichter Nebel eingefallen. Die Lichter der Autos tauchten auf und verschwanden, ungreifbar und verschwommen wie Bilder von UFO-Sichtungen. Je nach Scheinwerfertyp weiß oder gelb, die Heckleuchten rot. Die Kärntner Farben: Gelb, rot, weiß – oder lautete die Reihenfolge weiß, rot, gelb? Falk konnte sich nicht erinnern. Er setzte sich hinter den Schreibtisch.
„Seit wann spielten Sie den Geliebten von Frau Weinstein?"
„Tat ich das?", erkundigte sich Ainetter spöttisch.
„Wo hielten Sie sich am Nachmittag des Allerheiligentages auf? Genauer: um 17 Uhr?"
„Zuhause bei meiner Frau, wie sie Ihnen gewiss schon gesagt hat."
„Und zwischen 23 und 24 Uhr?"
„Im Bett mit meiner Frau, schlafend."

121

Auch er zeigte keinerlei Anzeichen von Nervosität. Es störte ihn nicht, dass Falk ein- und dieselbe Frage fünffach abwandelte, der ironische Zug um den Mundwinkel blieb unerschütterlich. Wenn nicht zufällig jemand einen der beiden gesehen hatte ... Falk machte sich keine großen Hoffnungen. Es war bereits dunkel gewesen, die Leute mit sich selbst beschäftigt ...

Und genau das bestätigte sich auch. Niemand erinnerte sich daran, einem der beiden begegnet zu sein. Nicht an diesem entscheidenden Tag. Gegen acht ließ er das Ehepaar gehen.

„Wissen Sie, Chefinspektor", sagte Ainetter zum Abschied, „Sie machen mir großen Spaß. Ich bin sicher, dass es noch lustiger wird."

31

Mittwoch. Als Falk ins LKA kam, teilte ihm schon der Posten am Eingang mit, dass Oberst Prettner ihn sofort sprechen wolle. Sein Vorgesetzter telefonierte und schenkte ihm keinerlei Beachtung. Das Gespräch klang sehr wichtig. Falk wusste allerdings, dass jedes Telefonat von Prettner sehr wichtig klang, und sei es nur die Bestellung einer Pizza. Er stand zwei Meter vor dem Schreibtisch und wartete in jener Haltung, die er beim Militär erlernt hatte und die hieß: mir ist es völlig gleichgültig, ob ich hier sitze, liege oder stehe und ich habe hundertmal mehr Zeit als du.

Schließlich legte Prettner auf und betrachtete ihn mit verkniffenem Gesicht.

„Ich habe heute um sieben in der Früh einen Anruf von ganz oben bekommen. Um sieben! Wissen Sie, von wem?"

„Von ganz oben?", fragte Falk harmlos.

Prettner nickte heftig.

„Gott?", dachte Falk. Er sagte: „Ich habe wirklich keine Ahnung."

„Innenministerium", flüsterte sein Chef. „Und nicht irgendjemand aus dem Ministerium."

„Ach."

„Ja, ach!", schnaubte der Oberst. „Wilma, *die Frau Minister persönlich*, um sieben. Wissen Sie, was das bedeutet?"

Falk schüttelte den Kopf.

„Dass Sie in ein Fettnäpfchen getreten sind, größer als Ihre Badewanne! Ein Fettnäpfchen, in dem Sie verschwinden können, ohne dass man es überhaupt merkt!"

Beide schwiegen. Der Oberst, weil er immer noch vom Anruf beeindruckt war, Falk aus taktischem Kalkül. Was sollte er zu solchen Fettnäpfchen auch sagen?

„Ich habe Wilma ein Versprechen gegeben", fuhr Prettner fort. „Ich habe ihr versprochen, dass dieser Fall, dieser Pseudo-Fall, ordnungsgemäß abgeschlossen wird – und zwar schnellstmöglich. Verstehen Sie mich?"

„Ich kann Ihnen folgen", antwortete Falk fein differenzierend und in der Gewissheit, dass dies nicht wahrgenommen würde. „Dann tun Sie das", befahl der Oberst und entließ ihn mit einer Handbewegung, die sich gleitend in einen neuerlichen Griff zum Hörer verwandelte.

Allerdings, wie Falk innerlich anmerkte, ohne den Zeitrahmen des Schnellstmöglichen zu präzisieren.

32___

Inspektorin Lerchenfelder pflegte ihre eigenen Ansichten über
Gruppen. Speziell über Gruppen von Jugendlichen, die sich
langweilen. Diese Gruppen folgten – so sah zumindest sie es –
einem Rhythmus des schläfrigen Herumlungerns im Wechsel
mit kurzen, heißen Phasen der Aktivität. Der Übergang vom
Lungern zur Aktivität, die Zeit der Ideenfindung, der Anstöße,
der spontanen Zeugung schräger Gedanken – das ist, aus Sicht
eines Menschen, der die Ordnung hütet, eine mit großen
Risiken behaftete Vor-Phase der folgenden Aktivität. In
diesen Momenten, glaubte Lerchenfelder, fällt häufig die
Entscheidung über ganze Lebenswege, über die gesamte
Zukunft eines oder sogar mehrerer Menschen. In diesen
Momenten werden kriminelle Karrieren geboren und
gleichzeitig wirft das Schicksal seine noch flüchtigen und
fernen Schatten auf völlig ahnungslose Menschen, die
irgendwann in der Zukunft als Opfer erwählt werden. In
solchen Momenten, dachte Lerchenfelder, werden
Explosionen gezündet, die sich vielleicht erst viele Jahre
später entluden – in Geißelnahmen, Raubüberfällen, Straf-
und Gewalttaten aller Art. Doch – auch daran glaubte sie –
wenn nur ein einziges Mitglied einer Gruppe ein wenig
Voraussicht und Verantwortungsbewusstsein entwickelt,
könnte dieses einzige Mitglied vielleicht Risikophasen
entschärfen, ehe sie gefährlich werden, kriminelle Karrieren
verhindern, ehe sie entstehen, die dunklen Schatten des
Schicksals vertreiben, ehe sie über dem Opfer schweben. Die
Inspektorin wusste natürlich, dass über derlei kaum fassbare
Vorgänge keine Statistiken existierten, nicht einmal existieren
konnten, so vage und ungewiss blieben sie. Aber sie war nun
einmal davon überzeugt und deshalb saß sie an diesem kühlen
Abend auf einer Parkbank im Winkel eines kleinen
Schulparks, rauchte und redete mit einigen Jugendlichen,
trank Bier aus der Dose und hin und wieder einen Schluck
Wodka, wenn die müßig kreisende Flasche bei ihr Station

125

machte. Sie redete nicht viel an solchen Abenden und es wäre schlicht unmöglich gewesen, irgendeine Absicht oder gar einen Plan aus ihren Worten abzuleiten – einfach deswegen, weil es beides nicht gab. Wenn sie tatsächlich etwas bewirkte, wovon sie nun allerdings keineswegs überzeugt war, dann allein durch ihre Anwesenheit. Durch den Umstand, dass sie als Polizistin – was man ihr gewiss nicht ansah, was die Jugendlichen aber wussten und trotz ihres instinktiven Abscheus vor Polizisten akzeptierten – dass sie sich also bereitfand, hier zu sitzen, zu rauchen, Bier und Wodka zu trinken, belanglosen Reden zuzuhören und belanglose Halbsätze beizusteuern, und das alles ohne Ungeduld, ohne die Sehnsucht nach einem warmen Wohnzimmer, nach einer netten Familie und nach einem Mann, der ihre geschundenen Polizistinnenfüße abends sanft massierte.

Es dunkelte schon, als sie mit zwei Burschen aus der Gruppe, die Hände tief in den Taschen, stadteinwärts ging. Nichts los in dieser Gegend. In den paar Gasthäusern trafen sich Stammgäste, Bier wurde gezapft und getrunken, Witze erzählt und gelacht und Karten gespielt. Im Hintergrund lief überall ein Fernseher, weitgehend unbeachtet.

Sie ließen ihre Blicke schweifen und ab und zu eine Bemerkung fallen. So schlenderten sie dahin. Drei Häuser vor ihnen hielt ein Taxi am Straßenrand, der Fahrer schaltete während des Kassierens die Warnblinkanlage ein. Als sie vorüber gingen, stieg eine Frau aus, das Gesicht zwischen Hut und Mantelkragen verborgen, eine große Umhängetasche baumelte an ihrer Seite. Sie überquerte die Straße und betrat durch eine matt erleuchtete Glastür ein unscheinbares Haus. Als die Tür offen stand, sah man für Augenblicke einen Tresen in einem schwach erleuchteten Raum, auf den sie zusteuerte. Obwohl das Haus keine Aufschrift trug, feixten die beiden Jungs sich an.

„Wetten, dass ihr Alter nicht weiß, wo sein Schatz sich rumtreibt?"

„Sie wird's ihm nicht erzählen."

126

Lerchenfelder sagte nichts. Sie hatte das Gesicht der Frau nicht gesehen. Aber die Umhängetasche war erst am Vortag auf dem Schreibtisch ihres Chefs gelegen. Und sie gehörte seiner Gattin. Es gab keinen Zweifel. Die Tasche hatte drei Reißverschlüsse an der Vorderseite. Beim untersten war der Schieber ausgewechselt worden. Der neue unterschied sich in Form und Farbe von den anderen.

„Das geht mich nichts an", dachte Lerchenfelder. Und im nächsten Atemzug, „Scheiße! Verdammte Scheiße!"

Falk war ihr Alpha-Bulle, er hatte immer zu ihr gehalten. Wenn sie zum Beispiel mit der Disziplin nicht klar kam, was öfter passierte, stärkte er ihr den Rücken. Zum Oberboss hatte er in seiner ruhigen Art, gegen die keiner ankam, einmal gesagt: „Sie hat ihre Eigenheiten, wie wir alle." Dann hatte er eine Pause eingelegt, die niemand missverstehen konnte, nicht einmal der Oberarsch. „Und sie ist tüchtig und engagiert."

Er sagte solche Dinge auf eine Weise, dass man sie ihm einfach abnahm. Und gerade jetzt traf sich seine Frau mit irgendeinem Dreckskerl in dem miesen Stundenhotel. Und dabei mochte sie auch seine Frau. Scheiße!

Lerchenfelder lief noch drei Minuten mit den Jungs, dann erklärte sie ihnen, dass sie einen anderen Weg habe, und bog in eine Seitenstraße. Der Portier erkannte sie, als sie die Glastür aufstieß und er tat gar nicht erst so, als ob er sich über ihren Anblick freute. Auch Lerchenfelder kannte ihn. Als Zuhälter, Türsteher, Rausschmeißer. Sein Name war Köchl. Er sah aus, als ob er einmal Boxer gewesen wäre – kein guter – oder er hatte nur zu viele Schlägereien hinter sich und einen ordentlichen Teil davon verloren. Nun arbeitete er als Portier im Stundenhotel, ein vergleichsweise ruhiger Job.

Sie ersparte sich den Small-talk.

„Vor zehn Minuten ist eine Frau rein, mit wem trifft sie sich?"

Er hob die dicken Schultern.

„Ich kenne seinen Namen nicht. Ist ziemlich hochnäsig, redet nicht mehr als nötig."

„Waren sie schon öfter da?"

„Er ja, aber nicht mit der."

Ein dicker, schwarzer Kater kam hinter dem Tresen hervor, setzte sich und bedachte sie mit einem trägen Blick aus gelben Augen.

„Wie lange bleibt er gewöhnlich?"

„Ich stoppe nicht mit, aber er verschwendet nicht viel Zeit. Ist wohl recht beschäftigt."

„Geht er gemeinsam mit den Frauen?"

Bei dieser Frage verzog Köchl betont gelangweilt das zerschlagene Gesicht, so überflüssig schien sie ihm.

„Er lässt ihnen ein paar Minuten Vorsprung."

„Wie sieht er aus?"

„Groß, immer mit Hut. Um die 40. Langer, schwarzer Mantel."

Lerchenfelder drehte sich um und trat wieder auf die Straße. Sie fand ein günstiges Plätzchen ganz in der Nähe der Tür, gut gedeckt durch eine Mülltonne und einen Kaugummiautomaten. Dort steckte sie sich eine Zigarette an und wippte auf den Ballen, um sich warm zu halten. Während der folgenden Stunde gingen nur zwei anscheinend befreundete Pärchen in das Hotel, die Frauen kichernd, die Männer leicht schwankend. Würden sie zwei Zimmer nehmen oder nur eines? Ein paar Minuten später kam die Frau heraus, auf die Lerchenfelder wartete. Sie konnte ihr Gesicht wieder nicht erkennen, aber wieder erkannte sie die Tasche. Die Frau – die Frau ihres Chefs – stöckelte hastig davon. Einige Häuser weiter wartete schon ein Taxi, das sie wohl telefonisch bestellt hatte. Ob sie glaubte, den Chauffeur, der das Stundenhotel bestimmt kannte, so leicht zu täuschen?

Und dann kam niemand. Die Inspektorin wartete fünf Minuten, zehn Minuten, zwanzig Minuten. Sie fühlte, wie ihr Blut heiß wurde und wie es in ihrem Stierkopf zu pochen begann. Sie merkte, wie sich ein Knoten in ihrem Magen bildete, ein Knoten aus verschlungenem Feuer. Sie wusste, dass sie jetzt einfach nur gehen sollte, auslüften, auslaufen. Überall hin, nur nicht hinein zu dem Dreckskerl, der sie

reingelegt hatte. Sie stieß die Glastür auf, umrundete die
Schmalseite des Tresens und baute sich weniger als eine
Armlänge vor dem Portier auf.
„Wo ist der Scheißtyp geblieben?", fauchte sie.
Der Mann überragte sie um einen Kopf, war 50 Kilo
schwerer, hatte harte Muskeln und harte Schaufelhände. Das
gab ihm eine falsche Sicherheit.
„Hinten raus, wie immer."
Er grinste sie an und hielt die Hände leicht gehoben, weil er
dachte, sie würde ihn gleich nach der Art wütender, kleiner
Mädchen in den Bauch boxen. Lerchenfelder war tatsächlich
wütend, aber kein kleines Mädchen. Sie trat ihm mit voller
Wucht gegen das Schienbein. Sie trug Stahlkappenstiefel, dem
großen Kerl schossen Tränen in die Augen. Sie machte einen
Schritt zurück und funkelte ihn an, immer noch voll böser,
roter Wut.
„Warum hast du das nicht gleich gesagt?"
„Hast ja nicht gefragt", keuchte er, während er auf einem Fuß
hüpfte und sich das lädierte Bein rieb.
„Sagst du mir jetzt, wie er heißt?"
„Hier nennt man ihn nur Baron."
„In welchem Loch haben sie es getrieben?"
Jetzt reichte es ihm. Bulle hin oder her, sie hatte angefangen.
Er stellte sich schnaufend wieder auf zwei Beine, holte aus
und sackte in sich zusammen. Lerchenfelder, gereizt und
doppelt so schnell, hatte noch einmal zugetreten, höher
diesmal, weil sie ja weiter weg stand. Sie packte ihn an den
Ohren und riss seinen Kopf hoch.
„Wo?"
„Neun."
Als sie ihn los ließ, kippte er zur Seite und blieb
zusammengekrümmt liegen. Lerchenfelder nahm den
Schlüssel und suchte das Zimmer. Der schwarze Kater folgte
ihr voller Gleichmut. Aus einem anderen Raum drangen das
Lachen zweier Männer und das Gekeife von zwei Frauen, die
sich in die Haare gekriegt hatten. Nummer 9 wirkte für eine

Absteige dieser Kategorie erstaunlich sauber und gut ausgestattet, wahrscheinlich besonderen Gästen vorbehalten. Lerchenfelder steckte die Gläser ein, die auf einem Tischchen standen, eines mit, eines ohne Lippenstiftrand. Sie fand den Hinterausgang mit einer automatisch schließenden Tür und verließ das Haus auf diesem Weg.

Sie legte die ganze Strecke zu ihrer kleinen Wohnung im Süden der Stadt zu Fuß zurück. Sie zog sich aus, duschte, aß einen Happen, sah die Reste einer Show und den Beginn einer schon dutzendmal wiederholten Serie ... Als sie im Bett lag und die Augen schloss, wusste sie immer noch nicht, was sie tun sollte.

33

Am Morgen benutzte Falk das Bad immer als Erster. Sein
Blick fiel auf Monikas weißen Angorapulli. Sie hatte ihn
achtlos über den Korbsessel geworfen, den sie vor allem als
Ablage verwendeten. Mehrere kurze, schwarze Haare klebten
daran. Nicht zuordenbare Haare auf dem Pulli seiner Frau.
„Wie der Schelm ist, so denkt er", schoss es ihm in
Umkehrung des Sprichworts durch den Kopf. Dennoch: einem
Impuls folgend, sammelte er die Haare ein und legte sie in ein
Papiertaschentuch. Im LKA zeigte er sie einem der
Forensiker. Der nahm eine Lupe.
„Katzenhaare, schätze ich. Wollen Sie es genau wissen?"
„Nein", erwiderte Falk. „Dachte ich mir selbst schon."
Er warf das Taschentuch in den nächsten Papierkorb. Die
Stimmung im LKA war angespannt. Da spalteten die
fruchtlosen Ermittlungen im Fall Weinstein die Gruppe
nunmehr klar in Angehörige der Fraktion: ‚So viele Zufälle
gibt es nicht', und ihre Gegner: ‚Da hat der Chefinspektor sich
in etwas verrannt'.
Und da schwelte die Angst vor dem nächsten Überfall.
Bislang waren sie alle an einem Donnerstag oder Freitag
geschehen. Was zu einer Vielzahl von möglichen Inputs für
das Täterprofil geführt hatte. Und dazu, dass der Anteil von
Polizeibeamten an den Nachtschwärmern Klagenfurts einen
beeindruckenden Wert erreichte. Nicht beeindruckend genug,
wie manche befürchteten, denn die Zwänge von
Personalknappheit und Dienstplänen ließen sich nicht einfach
aufheben.
Lerchenfelder wirkte bedrückt. Falk überlegte, sie darauf
anzusprechen, doch es ergab sich keine passende Gelegenheit.
Er hatte das Gefühl, zwischen zu vielen Fronten zerrieben zu
werden. Schließlich entschied er sich dafür, zu Martha zu
fahren, die sich immer noch in der Weinstein-Villa aufhielt.
Der Nachlassverwalter hatte sie darum gebeten. Sie führte
Falk zielstrebig in die Küche, als ob sie der einzige Raum in

131

feindlicher Umgebung sei, in dem sie sich geborgen fühlen durfte.

Eine angebrochene Flasche Rotwein stand auf dem Tisch. Sie deutete darauf und sagte: „Wenn ich nicht hin und wieder ein Gläschen trinke, müsste ich davonlaufen. Es ist unheimlich hier. Ich erwarte jeden Moment, dass einer der beiden aus einem Zimmer tritt oder die Treppe herab steigt. Wollen Sie ein Glas, Herr Kommissar?"

Nach einem Blick auf das Etikett nickte Falk. Martha schenkte zwei Gläser voll, sie tranken.

„Gino Lamberti war nicht der einzige Liebhaber von Frau Weinstein. Kannten Sie die anderen?"

„Ich wusste, dass es schon vorher welche gab. Sie erwähnte einen Franz. Einmal gab es auch einen Johannes. Ich habe sie nie zu Gesicht bekommen."

„Ich glaube, dass es nicht nur vorher, sondern neben Gino noch einen gab, bis in die jüngste Vergangenheit."

Martha schüttelte entschieden den Kopf.

„Damit wäre Herr Weinstein niemals einverstanden gewesen. Er hatte freizügige Ansichten, doch musste alles seine Ordnung haben."

„Sie hätte es ihm nicht erzählen müssen. Er kontrollierte doch nicht, wen sie ins Haus ließ."

„Das nicht, trotzdem ..."

Sie füllte die Gläser für eine zweite Runde.

„Die Möglichkeit hätte sie schon gehabt", gestand sie ihm zögernd zu. „Der Doktor befolgte einen durchgeplanten Tagesablauf, von dem er nur abwich, wenn es sich gar nicht vermeiden ließ."

Doch etwas Konkretes wusste sie nicht. Falk überlegte, ob es sinnvoll sei, die Spurensicherung in die Dampfkammer zu schicken, entschied sich aber dagegen. Selbst wenn sich Hinweise auf den Berufserben fänden, wäre das kein Durchbruch. Er hatte sich häufig als Gast im Haus aufgehalten. Der Chefinspektor gestand sich ein, dass nicht einmal die Aufdeckung einer Liebesaffäre viel geändert hätte.

132

Abgesehen von den Schwierigkeiten, die Ainetter mit seiner Frau bekäme. Unzufrieden mit sich selbst kehrte er ins LKA zurück. Er hatte einen Verdacht, so greifbar und real, dass – zumindest er – nicht an seiner Stichhaltigkeit zweifelte. Und dennoch zeichnete es sich ab, dass nur ein Geständnis den Berufserben vor ein Gericht bringen würde. Allenfalls eine Aussage seiner Frau. Auf beides durfte er nicht hoffen.

34___

Kein Überfall in der Nacht von Donnerstag auf Freitag. Die Stimmung blieb angespannt. Hatten die Täter es nach dem ersten Toten mit der Angst zu tun bekommen?

Falk telefonierte mit Onkel Hans, Richard-Weinstein-Cousin und Monet-Besitzer, der ihm in trockenen Worten mitteilte, dass er ihm nichts mehr zu sagen habe. Das Gleiche bei Frau Schubert, im Familienjargon Tante Resi, und den Korentschnigs. Der Clan war in Verteidigungsstellung gegangen und hatte seine Reihen geschlossen. Rien ne va plus.

Er überprüfte nochmals alle Vorkehrungen, die sie zur Überwachung der Innenstadt getroffen hatten. In der Überzeugung, nichts weiter tun zu können, fuhr er endlich nach Hause.

Als Falk das weiße Häufchen sah, das halb unter dem jetzt kahlen Goldregen lag, wusste er gleich, dass etwas nicht stimmte. Niemals würde Ginny an einem nebelfeuchten, kühlen Novembertag freiwillig auf der nassen Erde schlafen. Er trat näher heran, betrachtete das blutige Fell rund um den bösartigen, kurzen Pfeil in ihrer Brust und den kleinen Fleck, der sich auf der Erde gebildet hatte. Der winzige Pudel hatte nicht viel Blut zu vergießen gehabt. Plötzlich fühlte er einen Hass in sich hochsteigen, der ihn doppelt erschreckte. Einmal, weil er sich nicht erinnern konnte, jemals jemanden wirklich gehasst zu haben, zum zweiten, weil dieser Hass so intensiv und maßlos war. Wenn Ginnys Mörder noch hier gewesen wäre, hätte er ihn ohne zu zögern angegriffen, vielleicht getötet. Nein, das hätten sie nicht tun dürfen. Dabei war es gar nicht sein Hund gewesen, er hatte ihn als Welpe gekauft und seiner Frau geschenkt. Sie entwickelten nie dieses schmusige Herrchen-Hündchen-Verhältnis zueinander, aber aufrichtige Sympathie füreinander. Trotz ihrer kurzen Beine und hohen Stimme, für die sie ja nichts konnte, verfügte Ginny über reichlich Mut, Wachsamkeit und Selbstachtung – nie gab sie den kläffenden Winzling, den jede heftige Bewegung in Todesangst versetzt. Sie war wohl, wie immer, wenn jemand ans Gartentor trat, von ihrem Aussichtspunkt herabgelaufen, um nach dem Rechten zu sehen. Und die Person am Zaun schoss ihr aus fünf Metern Entfernung einen Pfeil in die Brust und ging ihres Weges.

Auf ihrer Straße spielte sich nie viel ab. An einem trüben Tag wie heute schon gar nicht. Wer nicht unbedingt hinaus musste, blieb zu Hause oder fuhr mit dem Auto.

Falk hob Ginny vorsichtig hoch und trug sie in den Keller. Er legte sie in einen Schuhkarton, setzte den Deckel darauf und befestigte ihn mit einem Klebeband. Dann fuhr er zurück ins LKA. In der Kriminaltechnik hatte Inspektor Mörtl Dienst. Falk reichte ihm die Schachtel. Mörtl verzog keine Miene, als er den Deckel entfernte.

„Ich hatte keine Handschuhe. Ziehen Sie den Pfeil so sorgfältig heraus als hätte er das Herz eines Menschen durchbohrt. Wir dürfen keine Spur zerstören."

„Ihr Hund?"

„Ja."

„Mein Beileid."

Es entstand eine kurze Pause, in der sich ihre Blicke trafen.

„Es ist mir ernst, ich habe selbst einen."

„Danke."

Der Forensiker machte einige Fotos und zog den Pfeil heraus. Er war knapp zehn Zentimeter lang und bis zur schwarzen Befiederung in die Brust des Zwergpudels eingedrungen.

„Kein Pfeil, ein Armbrustbolzen."

Falk dachte an die Siegesurkunden an den Wänden und an das große Regal voller Pokale, das im Vorzimmer der Ainetters stand.

„Kennen Sie sich damit aus?"

„Wir hatten vor ein paar Jahren einen Psychopathen, der es auf Schwimmvögel abgesehen hatte. Enten aller Art, Haubentaucher, sogar Schwäne. Erinnern Sie sich nicht?"

„Dunkel. Ich war nicht damit befasst. Wurde er erwischt?"

„Er schoss sich aus Versehen selbst an. Eine harmlose Wunde, aber beim Anblick seines eigenen Bluts wurde er ohnmächtig. Man hat ihn auf einer Parkbank gefunden und so kam alles raus. Der Bursche verwendete eine Pistolenarmbrust, 30 Zentimeter breit, 30 Zentimeter lang, zusammengefaltet nicht größer als ein Knirps. Unauffällig, beinahe lautlos. Eine gemeine Waffe, wenn man damit umgehen kann."

„Brauchen Sie Ginny noch?"

„Nein, ich nehme mir den Bolzen vor."

Falk nickte, legte Ginny wieder in ihre Sargschachtel und fuhr nach Hause. Er packte einen Spaten und ging in den hinteren Teil des Gartens zu der Buxbaumhecke, an deren Fuß bereits zwei Katzen, drei Meerschweinchen, ein Zwerghamster, ein Goldfisch und mehrere Wellensittiche ihre letzte Ruhestätte gefunden hatten. Es war schon dunkel, als er zu graben begann. Nach einigen Minuten tanzte der Strahl einer Taschenlampe auf ihn zu. Einige Momente lang fürchtete er, seine Frau sei früher von der Abendschule zurückgekehrt, doch es kam sein Schwiegervater, der ihn gesehen oder die Grabgeräusche gehört hatte.

„Was ist mit Ginny passiert?"

„Sie wurde erschossen, mit einer Armbrust."

„Ein Racheakt?"

„Ich glaube nicht, eher eine Warnung."

„Du hast einen Verdacht?"

„Ja."

Falk beließ es dabei.

„Was wirst du Monika sagen?"

„Dass sie tot auf ihrem Platz lag. Unverletzt. Wahrscheinlich Herzversagen."

„Ja, das kommt vor."

Der Schwiegervater leuchtete ihm, bis das Loch tief genug war. Falk bettete die Schachtel sorgsam hinein und bedeckte sie sanft mit der ausgehobenen Erde. Er drückte sie fest. Dann gingen sie gemeinsam zu dem Haufen Steine, die der Schwiegervater selbst beim Aushub des Kellers ausgewählt und zurückbehalten hatte. Ein paar ordentliche Steine gehörten auf jedes Grundstück, hatte er gemeint. Und diese passten besonders gut, weil sie schon ewig mit ihm verwachsen gewesen seien. Sie wählten einen mittelgroßen, sehr hellen, und legten ihn auf Ginnys Grab.

„Möchtest du ein Glas Wein?"

„Danke, heute nicht."

Falk stellte sich lange unter die Dusche und setzte sich dann im Bademantel vor den Fernseher, um mit der traurigen Nachricht auf seine Frau zu warten.

35___

Inspektorin Lerchenfelder betrat ihre Wohnung und versuchte, das Licht einzuschalten. Es blieb dunkel. Und aus dem Dunkel drang ein Geräusch, eine Gummisohle auf Fertigparkett. Ihre Hand zuckte zur Waffe, doch bevor sie den Griff erreichte, erhielt sie einen Faustschlag in den Magen, der sie fast durchbohrte. Sie sackte zusammen. Alle Luft, die jemals in ihr gewesen war, hatte der Schlag aus ihrem Körper gepresst und neue wollte nicht hinein. Sie war plötzlich nur noch eine Stoffpuppe, gefüllt mit Schmerz und Todesangst, aber keinem einzigen Luftmolekül. Starke Arme warfen sie bäuchlings auf den eigenen Küchentisch, gewalttätige Hände rissen ihren Kopf nach hinten, ein breites Klebeband wurde auf ihren offenen Mund gepresst, der sich so sehr um ein bisschen Sauerstoff bemühte. Man drehte ihr die Arme auf den Rücken und drückte den Oberkörper hart auf den Tisch. Jemand fummelte an ihrem Bauch herum, dann wurden Jeans, Strumpfhose und Höschen mit einem einzigen harten Ruck nach unten gezogen.

Neben dem Schmerz und der panischen Angst zu ersticken, erfüllte sie nun auch eiskalte Wut und die Entschlossenheit, nicht an dem zu zerbrechen, was jetzt kommen musste. Aber die Typen wollten sie nicht vergewaltigen. Sie hörte ein pfeifendes Geräusch und fühlte im nächsten Moment den brennenden Schmerz. Der Dreckskerl schlug weiter mit aller Kraft zu, 10-Mal, 15-Mal, 20-Mal. Sie bäumte sich auf und versuchte verzweifelt, durch die Nase zu atmen. Nur nicht in Ohnmacht fallen. Noch schlimmer als der Schmerz waren die Atemnot und die totale Wehrlosigkeit. So überraschend wie der Angriff begonnen hatte, endete er auch. Ihre Hände wurden losgelassen, der Druck auf den Oberkörper verschwand, sie hörte die Wohnungstür ins Schloss fallen. Sie riss sich das Klebeband vom Mund. Luft, Luft, Luft! Luft ist das wertvollste auf der Welt. Minutenlang blieb sie liegen und tat nichts anderes als atmen. Obwohl Schmerz und

Demütigung wie Feuer brannten, zählte die Rückkehr in die Welt des Sauerstoffs zu den schönsten Erfahrungen ihres Lebens.

Lerchenfelder richtete sich auf, zog die Jeans so weit hoch, dass sie gehen konnte und tastete sich durch die Finsternis zum Sicherungskasten im Vorraum. Die Typen hatten lediglich den Schaltgriff des Automaten nach unten gedrückt. Sie schob ihn nach oben und blinzelte ins Licht. Dann warf sie einen Blick über die Schulter in den Garderobespiegel. Die Schläge hatten ein unordentlich gepflügtes Striemenfeld hinterlassen. Blutströpfchen quollen aus der anschwellenden Haut, wuchsen zu Tropfen, die sich lösten und senkrechte dünne, rote Striche über die breiten waagrechten Schlagspuren zeichneten. Sie kannte ähnliche Bilder von misshandelten Kindern. Ihre höchstpersönliche Misshandlung würde in keiner Akte landen, so viel stand fest. Doch sie benötigte Hilfe, um die Wunden zu verarzten. Sie biss die Zähne zusammen und wählte mit zitternden Fingern die Nummer ihres Freundes.

„Kannst du sofort kommen? Es ist dringend."

Nach einer Pause von einigen Sekunden antwortete er: „Komme."

Und legte ohne ein weiteres Wort auf. Es geschah selten, dass Günter für ein Telefonat mehr als drei Wörter einsetzte. Sie waren seit zwei Jahren ein Liebespaar und vermutlich das seltsamste im ganzen Land, beide ausgeprägte Einzelgänger, so dass eine Beziehung im Grunde nicht in Frage kam. Vielleicht funktionierte sie gerade deshalb. Weder Lerchenfelder noch Günter König wären jemals auf die Idee gekommen, zusammen zu ziehen. Sie sahen sich auch nicht oft. Günter war zudem extrem schweigsam. Manche hielten ihn für einen Autisten, doch das traf nicht zu. Er hasste es einfach zu reden, so wie andere es hassen, Austern zu schlürfen. Als Sanitäter beim Bundesheer empfing er Befehle, die er rasch und gewissenhaft ausführte. Und er liebte Lerchenfelder glühend.

139

Er kam, betrachtete die dunklen, blutenden Schwellungen auf ihrem Hintern, führte sie zu ihrer Bettcouch und half ihr beim Niederlegen. Bis dahin hatten sie kein Wort gewechselt. Nun erklärte sie: „Überfall. Prügel, nicht mehr."
Günter holte aus ihrer Hausapotheke, was er brauchte. Er hatte sie selbst bestückt, in diesen Dingen bestand er auf größter Sorgfalt. Desinfektionsmittel, Salben. Lerchenfelder biss die Zähne zusammen. Plötzlich stockte er in seiner Arbeit.
„Muster."
„Die Schläge ergeben ein Muster, ja."
„Nein. Einzelne Striemen, ganz schwach, Zickzack wie bei Reifen."
„Mach' ein Foto. Nimm meinen Apparat."
Er verlor kein Wort und tat es. Das war einer der Gründe, warum auch sie ihn liebte. Mehrere Nahaufnahmen, gestochen scharf. Er zeigte sie ihr auf dem Display. Lerchenfelders Bullenhirn arbeitete auf Hochtouren. Günter legte ihr einen Verband an, gab ihr ein Schmerz- und ein Schlafmittel. Dann blieb er sitzen und hielt ihre Hand.
Kein angezeigter Überfall in der Nacht von Freitag auf Samstag.

36

Vom Küchenfenster aus sah Falk das Kuvert, das seitlich aus dem Briefkasten ragte. Post wurde am Samstag nicht ausgetragen und wie ein Werbezettel wirkte es nicht. Im Bademantel ging er zum Gartentor und zog den Umschlag heraus. ,R. Falk' stand darauf, nichts weiter. Er riss ihn auf. Es lag nur eine Fotografie drin. Er ging zurück in die Küche. Das Foto zeigte die Rückenansicht einer Frau, die mit gespreizten Beinen bäuchlings auf einem Bett lag. Ihr Gesicht war nicht zu sehen, nur ihr brauner Lockenkopf. Sie trug rote Pumps, sonst nichts. Es bestand kein Zweifel, dass sie gerade Liebe gemacht hatte. Ermattet war sie liegen geblieben, während der Mann zurück getreten war und das Foto aufnahm – vermutlich ohne dass sie es bemerkte. Falk kannte die Frau, ihre Schuhe, die Beine und die beiden Leberflecke auf der rechten Pobacke. Er hatte sie oft liebkost, als ihre Liebe noch stark gewesen war, lange vor Antonia. Also hatte sich Monika revanchiert. Das konnte er ihr nicht übelnehmen. Doch wen sie für ihre Revanche gewählt hatte, stand auf einem anderen Blatt. Auf der Rückseite des Fotos stand in dicken Blockbuchstaben FUCK OFF! Er drehte es erneut und betrachtete die Aufnahme minutenlang. Sie besaß immer noch ausgesprochen hübsche Beine, trotz ihrer 45 Jahre und zweier Kinder. Er ging ins Klo, verbrannte das Foto und spülte die Reste hinunter. Monika lag noch im Bett. Er schlüpfte zu ihr unter die Decke, schob ihr Nachthemd hoch und liebte sie wild und gierig wie lange nicht. Es war ein archaischer Akt, so als ob er etwas auslöschen wollte oder sein Revier neu markieren. Er konnte es sich selbst nicht erklären. Die Luft ober seiner Wüste flirrte. Er zog sich an, telefonierte mit dem Gericht und erfragte den diensthabenden Richter.

Dr. Prohaska saß zu Hause und ärgerte sich, dass er wegen des Dienstplans auf seine samstägliche Radtour verzichten musste. Falk schilderte ihm die Umstände von Ginnys Tod und seinen dringenden Verdacht, wer dafür verantwortlich zeichnete. Der Richter hatte selbst einen Hund und nicht das geringste Verständnis, wenn Polizeibeamte – von wem auch immer – bis in ihr Privatleben verfolgt, genötigt und terrorisiert wurden. Er erklärte sich sofort bereit, den Durchsuchungsbefehl auszustellen, den Falk jederzeit bei ihm abholen könne. Er kam gar nicht auf die Idee, zu fragen, was Oberst Prettner davon hielt. Falk kam auf die Idee, verwarf sie aber umgehend. Am frühen Nachmittag präsentierte er Anselm Ainetter und dessen Frau den Untersuchungsbefehl. Zwölf Beamte machten sich auf die Suche nach Armbrüsten und Schießzubehör, durchforsteten Unterlagen und die Festplatte eines PCs und fahndeten nach möglichen Verstecken wie doppelten Böden oder Geheimfächern in den alten Möbeln. Vier Stunden später war klar, dass die Untersuchung keine positiven Ergebnisse bringen würde. Frau Ainetter gab an, schon seit zwei Jahren keine Armbrust mehr zu besitzen und Ainetter, der in aller Ruhe eine Flasche Wein leerte, war bestens aufgelegt und zwinkerte Falk mehrmals zu. Einem Falk, der nicht daran zweifelte, dass dieser Mann mit seiner Frau geschlafen und ihm als Beweis das Foto in den Briefkasten gesteckt hatte. Die Miene von Frau Ainetter blieb die meiste Zeit so starr und ausdruckslos, dass man hätte glauben können, sie leide an einer Gesichtslähmung. Nur in den Momenten, in denen ihr Blick den spöttischen ihres Gatten traf, belebte er sich, glühte auf wie kleine Meteoriten beim Eintritt in die Atmosphäre. Falk fragte sich, welche Leidenschaften in dieser Frau stecken mochten und wie sie auf die Fotografie reagieren würde, die ihr Mann gemacht hatte. Um 18 Uhr traf Prettner ein, im schwarzen Anzug mit Fliege, fast sprachlos vor Ärger, und beendete die Aktion. „Was ist Ihnen da wieder eingefallen?", schnauzte er bald darauf in seinem Büro. „Ich habe Fingerspitzengefühl verlangt und Sie fallen dort ein mit einer Invasionsarmee. Das alles wegen eines Hundes!"

„Der mit einem Armbrustbolzen getötet wurde. Von jemandem, der gut damit umgehen kann und gegen den aktuell ermittelt wird."

Der Kopf des Obersts schwoll beängstigend rot an.

„Was heißt denn ermittelt? Schnellstmöglich abschließen, sagte ich. In unserem Land ist Erben kein Straftatbestand. Alles andere ist eine Hypothese, für die nach wie vor kein einziger Beweis existiert."

Falk blieb die Ruhe in Person.

„Wer hat Sie eigentlich verständigt?", erkundigte er sich höflich, ohne daran wirklich interessiert zu sein. „Ich meine, weil Sie doch beschäftigt waren."

Prettner sagte: „Das hat nichts zu bedeuten. Sie haben Recht. Ich war beschäftigt, ich bin es noch. Wir sprechen am Montag weiter."

Es hatte wirklich nichts zu bedeuten. Falk war nun sicher, dass sie auch in drei Tagen nichts gefunden hätten. Er hatte sich provozieren lassen.

Später am Abend saß er in der Blockhütte bei Wein und Schach.

„Ich habe genau das getan, was sie von mir erwarteten", sagte er zu seinem Schwiegervater. „Ich bin in ihre Falle getappt, jetzt sind sie am Zug."

Der Ältere nahm ihm einen Bauern weg.

„Alles nur wegen Ginny?", fragte er. Falk hielt seinem prüfenden Blick stand.

„Wegen Ginny, ja."

143

37___

Er verbrachte den Sonntag mit Monika, ging mit ihr spazieren, sprach mit ihr über die Heizung, die Probleme machte, und über die Frage, ob sie wieder einen Hund anschaffen sollten, nur über die Hausdurchsuchung sprachen sie nicht, obwohl er sicher war, dass sie davon wusste. Wie in zwei Kapseln eingeschlossen, trieben sie nebeneinander her, gemeinsam und doch jeder für sich. Falk ging früh zu Bett und schlief unruhig, gefangen in wirren, verwirrenden Träumen.

Als er am Montag ins Büro kam, erkannte er schon an den ausweichenden Blicken seiner Kollegen, dass etwas vorgefallen war. Lacher drückte ihm die Morgenausgabe einer verbreiteten Boulevardzeitung in die Hand und murmelte: „Das mit dem großen Einfluss war nicht übertrieben." Falk setzte sich und las.

EIN BULLE IM PORZELLANLADEN
Der Alptraum jedes Bürgers wurde für zwei
Angehörige einer bekannten, alteingesessenen
Klagenfurter Familie am letzten Wochenende wahr.
Ein Großaufgebot der Kripo fuhr Samstagnachmittag
vor und begann mit einer mehrstündigen
Hausdurchsuchung, die erst vom Leiter des
Landeskriminalamts Oberst Prettner persönlich
beendet wurde. Das Ungewöhnliche und Skandalöse
daran: Die Verdachtsmomente beruhten nicht auf
sachlichen Hinweisen, sondern einzig auf bestimmten
Theorien des Kripo-Chefinspektors Rainer Falk, die
– wie aus gut unterrichteten Kreisen zu hören ist –
selbst für dessen Kollegen kaum nachvollziehbar
sind. Da stellt sich die Frage: Wie kann es zu so
einer Aktion kommen, nur weil ein Mann sich in eine
absurde Hypothese hineinsteigert? Und: Wie mag
dann erst mit Bürgern umgegangen werden, die
keinen familiären Rückhalt haben und die niemanden

mit Beziehungen kennen? Ach ja, eines noch:
Gefunden wurde absolut nichts, obwohl jeder Stein
umgedreht und jedes Blatt Papier beschnüffelt
wurde.

Oberst Prettner zog es vor, nicht mehr mit Falk zu sprechen.
Diese Art von Publicity musste ihm schlimmer erscheinen als
jede ansteckende Krankheit. Der kommende Tag hielt einen
neuen Anti-Falk-Artikel bereit.

EIN BULLE MIT PROBLEMEN?
Gerüchten zufolge hat jener Chefinspektor Falk, der
– wie von uns exklusiv berichtet – auf bloßen
Verdacht hin gegen eine bekannte Klagenfurter
Familie massiv einschritt, auch sein Privatleben
nicht im Griff. Zuverlässige Quellen berichten, dass
man den starken Raucher auch schon am Vormittag
vor einem Glas Bier angetroffen hat, bei dem es nicht
geblieben ist. Als Angehöriger der Kripo muss
Chefinspektor Falk um seinen Führerschein wohl
trotzdem nicht zittern. Manche sind eben gleicher als
andere. Auch in der Ehe des Chefinspektors soll es
kriseln. Wobei wir nochmals betonen, dass es sich
hierbei um Gerüchte handelt, die wir nur deshalb
erwähnen, weil sie als Erklärung für das seltsame
Verhalten des Beamten dienen könnten.

„Nimm' es dir nicht zu Herzen", sagte Lacher, als Falk die
Zeitung auf den Schreibtisch warf. „Es ist bedrucktes
Klopapier, das weiß jeder."
„Ja, und jeder wischt sich damit den Hintern."
In Wahrheit nahm er es sich nicht zu Herzen. Er war seltsam
gelassen, seine Kollegen interpretierten es als inneren
Rückzug und er hatte keinen Anlass, sie zu korrigieren.
Am Mittwochmorgen nahmen sich bereits drei Blätter – wenn
auch viel zurückhaltender als der Leitwolf – des Themas an.

Auch Richter Prohaska, der den Durchsuchungsbefehl ausgestellt hatte, geriet in die Schusslinie, was Falk sehr bedauerte, jedoch nicht ändern konnte. Tief in ihm war etwas am Reifen. Noch keine Idee, schon gar kein Plan, er konnte es nicht benennen, es war ein Nukleus, was daraus entstehen würde, war ihm selbst noch völlig unklar.

38

Am Donnerstag gegen 2 Uhr 30 wurde erneut ein Mann
überfallen. Die Täter hatten die Innenstadt gemieden, ihre
Handschrift blieb unverkennbar dieselbe. Sie zertrümmerten
dem Opfer, das bewusstlos aufgefunden wurde, die Nase. Die
Beute betrug nicht einmal 100 €. Ein Zeuge begegnete zwei
großen Männern, die eilig vom Tatort wegstrebten. Er lieferte
eine Personenbeschreibung, wurde allerdings während der
Anfertigung der Phantombilder immer unsicherer. Als man
ihn die Verbrecherkartei durchsehen ließ, glaubte er, gleich
neun Personen wiederzuerkennen, die einander nicht einmal
allzu ähnlich waren. Es stellte sich heraus, dass er ohne Brille
kaum mehr sah als ein Maulwurf. Und in der Nacht hatte er
keine Brille getragen.
Nach einem langen Tag ging Falk mit seinem Stellvertreter
essen. Anschließend besuchten sie ein Lokal, das unter
Klagenfurts Biertrinkern einen legendären Ruf genoss. Gegen
zehn Uhr betrat jener Journalist den Gastraum, der für die
Schmähartikel des Boulevardblatts verantwortlich zeichnete.
Ein struppiger Typ mit dünnen Lippen und einem spitzen
Kinn, der, wie seine vielen Feinde meinten, vor
Überheblichkeit kaum gehen konnte. Er stellte sich an den
Tisch der Polizisten und sagte leicht näselnd: „Sie spülen
wohl ihren Kummer hinunter, Chefinspektor? Eine
bedauerliche Affäre, aber ich bin halt meinen Lesern
verpflichtet."
Falk stand auf und holte langsam mit der Faust weit aus.
Langsam genug, um Lacher Gelegenheit zu geben, ebenfalls
aufzustehen und die Faust festzuhalten. Der Schreiber wurde
blitzartig bleich und taumelte vor Schreck zurück. Dabei
übersah er eine Bank und fiel der Länge nach hin. Er rappelte
sich auf und lief wie von Furien gehetzt aus dem Lokal. Die
Gäste, die den Zwischenfall mitbekommen hatten, brachen in
lautes Lachen aus. Falk und Lacher setzten sich wieder.
„Das wird Folgen haben", murmelte Lacher.

147

Falk hob die Schultern und rief:
„Noch zwei Große!"

39___

Bereits am Tag der missglückten Hausdurchsuchung hatte
Lerchenfelder ihre private Mission gestartet. Abend für
Abend, Nacht für Nacht, meist stehend oder gegen eine Wand
gelehnt, blieb sie dem Portier des Stundenhotels auf den
Fersen. Wachtmeister König half ihr. Sie hatten nicht darüber
gesprochen, weil sie ohnehin beide wussten, worum es ging.
Lerchenfelder behielt den Haupteingang im Auge, ihr Freund
den Hintereingang. Es war kein aufregender Job. Viermal
blieb der Typ über Nacht im Stundenhotel. Zweimal stieg er
in seinen alten Mercedes und fuhr in seine Wohnung. An
einem dieser Abende ergab sich eine Lücke in der
Überwachung. Lerchenfelders und Königs Dienste
überschnitten sich um eine halbe Stunde. Als Lerchenfelder
vor dem Wohnblock eintraf, war der Mercedes weg.
Stinksauer verbrachte sie die ganze Nacht auf einem weichen
Kissen in ihrem Wagen und wartete auf seine Rückkehr. Er
kam nicht. Auf dem Weg zur Arbeit fuhr sie am Stundenhotel
vorbei. Auch dort kein Mercedes. Genau in jener Nacht setzte
sich die kurz unterbrochene Serie der Raubüberfälle fort. Die
ganze Abteilung arbeitete unter Hochdruck. Lerchenfelder
schlief fast im Stehen ein. Falk merkte es und schickte sie
heim. Um acht saß sie wieder in ihrem Wagen und
beobachtete den Haupteingang. Um zehn kam der Portier
heraus. Diesmal ließ Köchl den Mercedes stehen. Sie rief
Günter an.
„Hab' ihn. Danke. Gute Nacht."
„Nacht."
Lerchenfelder folgte dem Typen zu Fuß. Er lief in ein Viertel,
in dem sich einfache Leute kleine Häuser gebaut hatten. Haus
an Haus, Garten an Garten, Auto an Auto. Keine Villen, hart
erarbeiteter, bescheidener Wohlstand. Hier wohnten die
Arbeiter und Angestellten, deren Traum es war, aus einem
gesichtslosen Wohnblock zu entkommen und ihr Leben auf
einem kleinen Fleck eigener Erde selbst zu gestalten. Und

149

inmitten dieser schmalen Straßen und Gassen fand sich ein Gasthaus, ebenso schlicht und kaum größer als die Häuser rundum. Köchl wollte es eben betreten, als jemand seinen Namen rief. Ein zweiter Typ trottete aus anderer Richtung daher, ein Schrank von einem Mann, der trotz der Kälte nicht einmal einen Mantel trug. Sie schüttelten sich die Hände und gingen in die Gaststube. Lerchenfelder nahm ihr Handy. „Sorry, ich brauch' dich noch einmal. Nimm ein Taxi." Sie nannte ihm die Adresse. Günter ließ das Taxi in einiger Entfernung halten und wartete, bis es weg war, ehe er sich in Bewegung setzte. Vielleicht hatte er das in einer Serie gesehen. Und in dieses Gasthaus fuhr tatsächlich niemand mit dem Taxi, die meisten kamen zu Fuß. Er schlenderte an ihrer Deckung vorüber, einem Container für Bauschutt, und sie flüsterte: „In der Kneipe. Mit einem Kumpel." Günter betrat das Lokal. Die Vorhänge nahmen ihr fast jede Sicht. Wenn jemand im Gastraum vorüber ging, warf er einen dunklen Schatten, mehr war nicht zu erkennen. Sie wartete fast zwei Stunden und fror trotz ihrer Winterausrüstung. Dann kam er wieder heraus, leicht schwankend, wie ihr schien, und ging vorbei. „Warte!" Er ging geradeaus weiter und bog erst nach einigen Dutzend Metern in eine Seitenstraße. Hinter dem Vorhang tauchte ein großer, breiter Schatten auf. Ein Spalt öffnete sich und warf einen Lichtstrich auf den Asphalt vor dem Haus. Der Beobachter dahinter nahm sich Zeit. Nachdem sich der Spalt wieder geschlossen hatte, wartete auch Inspektorin Lerchenfelder nochmals fünf Minuten, ehe sie sich aus dem Schatten des Containers löste und ihrem Freund folgte. Er hatte sich auf einen Begrenzungsstein gesetzt und lächelte ihr entgegen. Eine gewaltige Schnapsfahne begleitete sein Lächeln. Sie zog ihn hoch und umarmte ihn. „Erzähl mir genau, was passiert ist. Ich weiß, du redest nicht gerne, aber diesmal musst du reden. Reden!"

Das Lächeln erlosch, doch seine Augen funkelten. Er nahm ihre Hand, die klein und kalt war, in seine warme Schnaps- und Gasthaushand.

„Gehen wir."

Und er redete wie nie zuvor in seinem Leben.

„Bin rein. Nicht wenig Leute, Glück, Nebentisch. Bier und Essigwurst. Köchl und Freund, heißt Hugo, Bier und Schnaps, hausgebrannt. Sprechen leise, lachen laut. Gut aufgelegt. Sehen die Frauen an."

„Was für Frauen?"

„Normale Frauen. Anders als du. Durchschnitt. Einige mit Männern, zwei oder drei ohne, eher locker. Da kennen sich fast alle, mich nicht."

„Haben sie dich gefragt?"

„Hab gesagt, neu hier. Umsehen. Schweinsbraten und Bier. Sie auch. Fett. Schnaps. Drei, fünf, sieben Runden. Klo."

„War dir schlecht?"

„Nein. Hugo Klo. Ich auch. Schlagstange gesehen im Rock."

Lerchenfelder drückte seine Hand so fest, dass es krachte.

„Du meinst die, mit der ich ..."

„Wenig gesehen, Muster stimmt."

Das Stierplasma kroch durch alle Adern, Lymphen und Nervenstränge der Inspektorin. Sie gingen zu Fuß in ihre Wohnung und liebten sich. Erst eineinhalb Tage später sagte Günter wieder ein Wort. Um genau zu sein, bei der Standeskontrolle im Hof der Kaserne.

„Wachtmeister König!"

„Hier!"

40___

Am Freitag bei Dienstbeginn wurde Falk gleich in Prettners Büro durchgewinkt. Er fand ihn vor der Zeitung sitzend. Wortlos schob er sie über den Tisch.

EIN BULLE DREHT DURCH
Ein unglaublicher Vorfall ereignete sich gestern Abend in einem bekannten Klagenfurter Lokal. Jener Chefinspektor Falk, der vor wenigen Tagen eine höchst umstrittene und völlig überzogene Hausdurchsuchung angeordnet und geleitet hat, begegnete dort zufällig dem Schreiber dieser Zeilen, der ihn, wie es unter zivilisierten Menschen üblich ist, höflich grüßte. Anstatt ein ebensolches Verhalten an den Tag zu legen, wie es auch bei bestehenden Meinungsverschiedenheiten schließlich angebracht ist, wollte sich der Kripo-Mann vor aller Augen auf mich stürzen, um eine Prügelei vom Zaun zu brechen. Nur dem Eingreifen seines Begleiters ist es zu verdanken, dass es nicht dazu kam. Wir müssen davon ausgehen, dass der Chefinspektor unter erheblichem Alkoholeinfluss stand. Auch nicht gerade vorbildhaft und seiner Position würdig. Stehen seine Vorgesetzten diesem Verhalten hilflos gegenüber oder werden sie endlich etwas unternehmen? Viel lieber würden wir nämlich über Ermittlungserfolge im Fall der Räuber und neuerdings sogar Raubmörder berichten, die die Landeshauptstadt seit Wochen in Angst und Schrecken versetzen.

„Ich habe den Artikel schon zum Frühstück gelesen", sagte Falk.
Der Oberst mochte innerlich vor Zorn, Entrüstung oder was auch immer beben, seiner kühlen Stimme ließ sich nichts

anmerken. Wenn es darauf ankam, verdrängte der Machtpolitiker in Windeseile den geschwätzigen Gesellschaftsheini.

„Was ist dran?"

„Ich wollte keine Prügelei beginnen, aber ein bisschen Angst einjagen wollte ich ihm."

„Das war nicht klug."

„Er hat mich öffentlich als kettenrauchenden, paranoiden Alkoholiker hingestellt, dessen Ehe aufgrund seiner Sucht den Bach runtergeht. Und sich dann scheinheilig auf Gerüchte berufen."

„Klug war es dennoch nicht. Ich werde Sie nicht suspendieren, aber Sie haben noch reichlich Urlaub, den treten Sie an, jetzt sofort."

„Nun ja", dachte Falk. „Eine einflussreiche Familie."

Er nickte seinem Vorgesetzten zu und ging.

41___

Die beiden jungen Frauen, die Lerchenfelder um Hilfe bat,
waren mit Feuer und Flamme dabei. Sie gingen noch zur
Schule, verkauften aber gelegentlich auch Sex. Wenn sie
etwas verabscheuten, so waren es gewalttätige Männer. Noch
am gleichen Abend saßen sie zum ersten Mal in dem kleinen
Lokal in der Vorortsiedlung und machten sich als lustige
Mädels bekannt, die einen Spaß verstanden und selbst nicht
auf den Mund gefallen waren. Ihre Aufgabe würde es sein, die
beiden Schläger abzuschleppen. In eine kleine Lagerhalle, die
einem Schulfreund der Inspektorin gehörte. Ein Raum war
ganz gemütlich eingerichtet, der Freund, ein Bauunternehmer,
ließ manchmal Arbeiter dort nächtigen, Schwarzarbeiter,
versteht sich.

42___

Falk las die Samstagszeitung nach einem späten Frühstück. Er hatte ja Urlaub.

EIN BULLE SIEHT ROT
Kripochef Prettner zieht die Reißleine und zeigt Chefinspektor Falk die rote Karte. Falk ein Burnout-Opfer? So begründet der Leiter der Kriminalabteilung die jüngsten Turbulenzen um seinen bisherigen Einser-Kriminalisten, der jahrelang beste Arbeit geleistet habe. Zur Erinnerung: Es ist erst eine Woche her, da der Chefinspektor mit einem Riesenaufgebot aufgrund dubioser Verdachtsmomente das Haus eines angesehenen Klagenfurter Ehepaars geradezu überfiel. Ohne Wissen von Oberst Prettner, wie dieser betonte. Und erst vor zwei Tagen attackierte der offensichtlich alkoholisierte Beamte den Schreiber dieser Zeilen. Ob es deswegen zu einem Verfahren kommt, ist freilich noch ungewiss, weil ein Kollege des Chefinspektors dazwischen ging und Schlimmeres verhinderte. Ob Rainer Falk ärztliche Hilfe benötigt, wird sich in den kommenden Tagen klären. Wir wissen, unter welcher Stressbelastung unsere Polizei manchmal arbeiten muss und sind daher nicht nachtragend. Erholen Sie sich gut, Chefinspektor Falk!

„Was für ein Idiot!", murmelte Falk.

43

Lerchenfelders lockere Mädels verbrachten den dritten Abend in dem Vorortlokal. Mit den meisten Gästen waren sie mittlerweile per du. Am Sonntag kurz nach neun kamen Köchl und sein Freund auf einen Umtrunk. Um zehn saßen die vier an einem Tisch, um Viertel nach elf verließen sie gemeinsam das Lokal, die Mädchen lachend, die Männer grinsend. Eine der Frauen hatte sich einen Wagen geborgt, sie fuhren los. Lerchenfelder befand sich ständig in ihrer Nähe. Die Hände der beschwipsten und übermütigen Männer wanderten schon im Auto über die Körper der Mädchen. Sie betraten das Lager und den Wohnraum, nichts Großartiges, aber warm, vier Betten standen an den Wänden, ein großer Tisch, ein halbes Dutzend Sessel. Die Mädels hatten eine Flasche Wein dabei, im Eiskasten fand sich Bier und sogar eine Flasche Sekt. Sie nahmen den Sekt. Ein Radio trällerte die Melodien von Radio Kärnten. Die Männer wollten sich gleich über die Mädchen hermachen, aber die zierten sich, schlugen Flaschendrehen vor. Nicht originell, aber prickelnd. Prickelnd wie der Sekt. Plötzlich wurden die großen, schweren Männer müde und schliefen ein. Die Mädchen zogen ihre BHs und Blusen wieder an, weiter waren sie nicht gekommen, und schickten eine SMS an Lerchenfelder. Dann fuhren sie los in die Stadt, sich zwei ordentliche Typen angeln.
Lerchenfelder kam ins Lagerhaus und drehte das Radio ab. Sie legte den betäubten Männern Handschellen an. Mit zwei weiteren Paaren fesselte sie ihre Füße aneinander. Aus der Wand hinter Köchl ragten zwei eiserne Bügel, durch die sie eine Kette zog, die sie mit seinen Handschellen verband. Was immer sie anstellen mochten, aus eigener Kraft würden die Schläger das Haus nicht verlassen. Lerchenfelder leerte ihre Taschen und fand die Stahlrute, überzogen mit einem Stück gerippten Gummischlauchs. Der Schlauch wies genau das Muster auf, das – nie so deutlich wie bei ihr – auch bei den

Opfern der wöchentlichen Überfälle zu erkennen gewesen war. Sie entdeckte dunkle Flecken auf dem Gummi. Köchl trug eine Pistole bei sich, sein Kumpel außer dem Totschläger noch ein Springmesser. Neben dem Spülbecken stand ein großer emaillierter Wasserkrug. Sie füllte ihn bis zum Rand und schüttete das kalte Wasser über die Köpfe der Männer, die kaum reagierten. Sie setzte sich an die Schmalseite des Tisches, öffnete eine Bierdose und rauchte. Nach einer Weile wiederholte sie die Prozedur mit dem Krug und öffnete zwei Fenster, um die kalte Novemberluft in den Raum strömen zu lassen. Das wirkte. Einer nach dem anderen schlugen sie die Augen auf, langsam kehrte ihr Bewusstsein zurück. Die neue Situation gefiel ihnen nicht, dafür hatte Lerchenfelder ein gewisses Verständnis, doch als Köchl zu fluchen begann, ließ sie den Totschläger auf seine Schulter niedersausen. Er heulte auf und schwieg dann.

„Was willst du von uns?", knurrte sein Komplize, der vor lauter Muskelmasse fast aus dem Anzug platzte.

„Ihr habt ziemlichen Terror gemacht in den letzten Wochen, ein Mann ist tot, ein paar schwer verletzt."

„So einen Blödsinn habe ich noch nie gehört", sagte Köchl.

„Es wäre nicht schwer, es nachzuweisen. Der da hinterlässt deutliche Spuren."

Und wie zur Bestätigung ließ sie den Totschläger noch einmal auf seine Schulter krachen. Wieder heulte er auf und in seinen Blick mischte sich erstmals ein Anflug von Angst. Auch die Stimme seines Komplizen wurde heiser.

„Und was soll diese Veranstaltung? Warum rufst du nicht die anderen Bullen, wenn du glaubst, dass wir es waren?"

Lerchenfelder ließ den Totschläger vor seiner Nase baumeln.

„Ihr seid mir zu nahe getreten, das nehme ich euch persönlich übel."

„Das war doch bloß ein Scherz", meinte Köchl, „ein bisschen grob vielleicht, aber nichts Ernstes."

„Wenn ihr solche Scherzbolde seid", sie klopfte unsanft auf die Nase des Riesen, dem ein Schwall Tränen in die Augen schoss, „dann werdet ihr gleich eine Menge Spaß haben." Aus einer Tragtasche nahm sie einen in Alu-Folie gehüllten Zylinder, aus dem eine Schnur ragte, eine Zündschnur. Sie legte ihn auf den Boden und entrollte die Schnur in Richtung Türe. Dann ging sie in einen Nebenraum und trug einen großen Plastiksack voller spitzer U-Haken herein, den sie auf den Stab legte. Die beiden Männer beobachteten sie mit hervortretenden Augen. Zuvor noch tropfnass vom Wasser, war es jetzt, trotz der Kälte, Angstschweiß.

„Das kannst du nicht machen", stöhnte Köchl. „Du bist ein Bulle."

„Ich nehme mir einfach einmal frei", sagte Lerchenfelder. „Und ihr quasselt zu viel."

Mit zwei Stücken breiten Klebebands verhinderte sie störendes Geschrei. In aufsteigender Todesangst begannen die Typen an ihren Fesseln zu reißen und zuckten, als hätte man sie unter Strom gesetzt. Lerchenfelder sah ihnen zu, rauchte in aller Ruhe eine Zigarette und drückte die Glut an das Ende der Zündschnur. Wie gebannt starrten die Männer auf die winzige Rauchsäule, die von der brennenden Schnur aufstieg und langsam auf sie zukam.

Lerchenfelder verließ das Haus. Sie sah auf ihre Uhr. Nach zehn Minuten ging sie wieder hinein. Die Typen saßen kreidebleich auf ihren Stühlen, es roch unangenehm nach vollen Hosen. Lerchenfelder riss die Klebebänder ab und trug die U-Haken zurück, beseitigte die Reste der Zündschnur, hob den Zylinder auf, wickelte die Alufolie ab und biss herzhaft in die große Kokosstange. Dann verständigte sie ihre Kollegen. Die Serie der Überfälle war geklärt, die Täter legten ein Geständnis ab.

44

Am Tag darauf rief Lerchenfelder Falk an. Er gratulierte ihr.
„Ich muss mit Ihnen sprechen, Chefinspektor. Kennen Sie das
Café Sport?"
Falk kannte es und fuhr hin. Das Café Sport hatte weder mit
Kaffee noch mit Sport etwas zu tun. Es war eine
heruntergekommene Kneipe, die von den Alkoholikern des
Viertels lebte, hatte aber den Vorteil, dass die um diese
Stunde noch nicht aus ihren Löchern krochen. Sie waren
allein mit einer ältlichen Bedienerin, die beim Versuch, ein
Kreuzworträtsel zu lösen, ihren Bleistift zerkaute.
„Hören Sie, Chefinspektor. Vielleicht liege ich furchtbar
falsch und mache alles nur noch schlimmer, vielleicht kann
meine Geschichte Ihnen aber helfen."
„Welche Geschichte?"
„Sie ist sehr persönlich und wird Ihnen wehtun."
Falk schnippte die Asche von seiner Zigarette.
„Erzählen Sie."
Sie zögerte, es wollte ihr nicht über die Lippen.
„Machen Sie schon", sagte er gutmütig, fast ein wenig
übermütig. „Ich nehme es Ihnen nicht übel."
Lerchenfelder gab sich einen Ruck.
„Ihre Frau betrügt Sie."
„Ich weiß."
„Und wissen Sie auch, mit wem?"
„Ich habe eine Vermutung."
„Können Sie Ihre Vermutung beweisen?"
Falk dachte an das Foto und seine persönlichen
Verwicklungen und schüttelte den Kopf.
„Ich kann es."
Sie schilderte ihm die zufällige Begegnung vor dem
Stundenhotel, wie sie seine Frau an der Tasche erkannt habe
und wie sie in der Folge an das Glas mit den Speichelresten
gekommen war. Einige Details der Beschaffung ließ sie aus.
Einmal unterbrach Falk.

„Gibt es in dem Puff eine schwarze Katze?"
Sie war verwundert.
„Woher wissen Sie das?"
Er winkte ab. Sie wusste nicht, wie sie fortfahren sollte.
Warum reagierte er nicht? War es ihm gleichgültig, machte
sie sich gerade zum Narren?
„Ich mag Ihre Frau, ich wollte Ihnen nichts erzählen, es geht
mich schließlich nichts an."
Sie begegnete seinem Lächeln.
„Jetzt haben Sie es doch getan."
„Weil alle über Sie hergefallen sind, wie nach einem Plan. Da
dachte ich ..., da dachte ich, ob Ihre Frau nicht auch – ohne es
selbst zu wissen – nach diesem Plan verführt wurde.
Verstehen Sie?"
„Man kommt auf manche Ideen ..."
Plötzlich schoss ihr das Stierplasma in den Kopf, sie fuhr ihn
an: „Ist Ihnen das wirklich egal? Der Typ hat Ihre Frau
benutzt, um Sie fertig zu machen. Stört Sie das nicht?"
Falk fühlte eine Art von Ruhe in sich, die ihn beinahe
unangreifbar machte.
„Sie haben im Puff ein Glas mit der DNA ihres Liebhabers an
sich genommen. Und Sie sagten, Sie hätten den Beweis dafür,
dass der Berufserbe dieser Liebhaber sei. Woher stammt die
Gegenprobe?"
Auch Lerchenfelder war von seiner Ruhe beeindruckt, der
Stier schnaubte nur noch leise.
„Das erste, was unser Oberscheißer tat, nachdem er Sie in
Urlaub geschickt hatte, war Ainetter ins LKA einzuladen, um
sich wortreich bei ihm und seiner Frau zu entschuldigen."
Er nahm an ihrer Wortwahl keinen Anstoß.
„Und?"
„Prettner ließ sogar Kaffee und Kuchen auftragen. Die
Kaffeetassen habe ich abgeräumt. Die Wahrscheinlichkeit der
Übereinstimmung mit den Spuren am Glas liegt bei 99,5
Prozent."

„Hervorragende Arbeit, Inspektorin. Haben Sie die Expertise hier?"

Lerchenfelder zog einen Umschlag aus ihrer Jacke und überreichte ihn Falk. Er kümmerte sich nicht um den Inhalt, sondern steckte ihn gleich ein.

„Gibt es Kopien?"

„Nein. Es war ja nur halb offiziell, eher eine Gefälligkeit."

„Wo befinden sich Probe und Gegenprobe?"

„In meinem Rucksack."

Sie hob ihn vom Sessel neben sich und gab ihm zwei Klarsichtbeutel mit einer Kaffeeschale und einem Whiskeyglas. Wenigstens was Hartes. Er steckte alles in die Taschen seines Mantels. Ihr Stierblick war hingegen weicher geworden.

„Es ist nicht viel wert, fürchte ich. Ziemlich gegen die Vorschriften."

Falk nahm ihre Hand und küsste sie.

„Ich danke Ihnen, Inspektorin."

Damit stand er auf und ging. Lerchenfelder saß eine halbe Minute mit der in der Luft erstarrten Hand da, wie ein Hund, der Pfötchen gibt. Und wie ein Hund schüttelte sie sich, um wieder ins Gleichgewicht zu kommen. Dann griff sie zum Handy und schickte eine SMS an Günter.

‚Heut 21 bei mir, ich pizza, du bier.'

Seine Antwort ließ nur zehn Sekunden auf sich warten.

‚O'.

Das stand für Ok. König verschwendete nicht einmal einzelne Buchstaben.

161

45___

In den kommenden Tagen entwickelte Falk eine Reihe von Aktivitäten, die kein Beobachter verstanden hätte. Zunächst übersiedelte er mit einem kleinen Koffer in die Hütte seines Schwiegervaters. Seine Frau sah ihn gehen und sagte kein Wort. Dann vereinbarte er einen kurzfristigen Termin mit dem Hautarzt, um sich zwei Muttermale auf der Brust entfernen zu lassen. Er fuhr mit dem Zug nach Wien und kaufte ein, unter anderem ein B-Free-Handy. Man zahlte mehr, blieb aber anonym. Am Tag nach diesem Ausflug war er beim Arzt und kehrte um zwei Muttermale ärmer und zwei dicke Pflaster reicher, in die Blockhütte zurück.

Der Nukleus war herangereift, hatte sich entwickelt, konnte nicht mehr gestoppt werden.

An den Abenden spielte Falk Schach mit seinem Schwiegervater. Mit den Kollegen führte er kurze Telefonate, treffen wollte er sie nicht.

Am Samstag ging er ins große Haus, um allein zu sein. Er steckte sogar den Schlüssel ins Schloss und drehte ihn ein wenig für den Fall, dass seine Frau wider Erwarten früher zurück kommen sollte. Er legte das neue B-Free-Handy vor sich auf den Küchentisch. Daneben stellte er ein Glas und eine Flasche Zirbenschnaps. Er füllte es, trank aus, füllte es nochmals und trank wieder. Er rauchte eine Zigarette, während sich der Schnaps in seinem Körper ausbreitete. Dann griff er nach dem Handy und wählte eine Nummer. Seine Hand bebte leicht.

„Ja?"

„Am Tag der Hausdurchsuchung habe ich ein Foto erhalten. Ein Foto mit zwei kleinen Leberflecken, die mir nicht unbekannt sind."

Ein leises Lachen.

„Ach, der Chefinspektor. Welch nette Überraschung. Leider habe ich keine Ahnung, wovon Sie sprechen. Sie werden doch nicht wieder irrationale Schlüsse ziehen?"

162

„Nichts Irrationales. Ich kann den Seitensprung meiner Frau nachweisen. Ich kann auch nachweisen, wer ihr Partner war."
Wieder das Lachen.
„Mein Gott! In so einer Situation reden Frauen bald was daher. Niemand wird es ernst nehmen. Das sollten Sie besser wissen als ich."
„Sie hat nicht geredet. Sie weiß nichts von dem, was ich Ihnen gerade erzähle."
„Nein? Was soll das denn für ein Nachweis sein?"
„Darüber kann man nicht am Telefon sprechen. In unser beider Interesse nicht."
Anselm Ainetter ging darüber hinweg.
„Und überhaupt: was würde es ändern? Wenn Ihre Frau fremdgeht, ist das nicht strafbar. Es ist allenfalls peinlich – aber nicht für den Liebhaber, sondern für den Ehemann."
Falk schenkte Schnaps nach. Nun klang auch er sehr entspannt.
„Das kommt ganz darauf an, wie die Ehefrau des Liebhabers dazu steht."
Es folgte eine Pause. Als Ainetter weitersprach, hatte sich seine Stimme verändert.
„Die gibt nichts auf Geschwätz. Schon gar nichts auf das Geschwätz eines gefeuerten Bullen. Da lacht sie nur darüber."
„Lacht sie auch über einen hieb- und stichfesten Sachbeweis?"
Sekundenlanges Schweigen.
„Was wollen Sie eigentlich von mir?"
„Mit Ihnen reden. Einen Gedankenaustausch unter vier Augen."
Ainetter lachte erneut, härter und hämischer diesmal.
„Vier Augen und eine Abhöranlage, wie?"
Falk benetzte seinen trockenen Mund mit Schnaps.
„Ohne Tricks. Sie können Zeit, Ort und Umstände festlegen. Ganz wie Sie wollen."
Der Berufserbe wurde vorsichtiger, lauernder, mehr seinem eigentlichen Wesen entsprechend.

163

„Was erwarten Sie sich davon?"

„Das ist meine Sache."

„Nehmen wir theoretisch an, dass ich darauf einginge. Dann gehört es zu meinen Bedingungen, dass Sie mir alles sagen. Sofort."

„Na gut", gab Falk nach, absichtlich oder unabsichtlich zögernd. „Ich weiß, wann ich geschlagen bin."

„Gründlich geschlagen", betonte Ainetter. „Gründlich und vernichtend."

Jetzt stand es auf des Messers Schneide. Hatte er den Berufserben richtig eingeschätzt? Seine Eitelkeit, seine Respektlosigkeit, seine Beziehung zu seiner Frau?

„Ja. Aber warum? Weil ich so verblendet war? Oder Sie so geschickt?"

„Kommt es darauf an?"

„Offiziell nicht, für mich schon. Und immerhin: Ich habe den Beweis."

„Mit dem Sie sich selbst öffentlich die Hörner aufsetzen."

Falk sagte, und das entsprach nun ganz und gar der Wahrheit: „Was mir kaum noch schaden würde ..."

Diesmal folgte eine lange Pause. Ainetter dachte angestrengt nach. Auf Falks Stirn bildeten sich kleine Schweißperlen.

„Also gut. Ich melde mich in den nächsten Tagen. Es wird sehr kurzfristig sein, exakt nach meinen Regeln, keine Verhandlungen, keine Diskussion."

„Einverstanden."

Ohne ein weiteres Wort legten beide auf. Falk trank noch einen Zirbenschnaps. Seine Hände zitterten so stark, dass er einen Teil verschüttete.

46

Den Sonntag verbrachte er in der Blockhütte vor dem
Fernseher. Doch er hätte am Abend keinen einzigen der Filme
und keine der Sportreportagen beim Namen nennen können,
die den ganzen Tag an ihm vorüber geflimmert waren. Immer
wieder hatte er die möglichen Wendungen und Klippen des
kommenden Gesprächs durchgespielt. Würde es überhaupt bei
einem Gespräch bleiben? Plante Ainetter vielleicht einen
weiteren Unfall? Eher unwahrscheinlich. Wie würde er sich
absichern? Denn es war klar, dass beide einander nicht über
den Weg trauten. Falk befürchtete eine schlaflose Nacht.
Wider Erwarten schlief er sofort ein.
Er erwachte erst um neun und blieb noch im Bett liegen. Der
Gedanke an seine Kollegen bereitete ihm Vergnügen. Sie
saßen längst in ihren Büros, lasen Berichte und schrieben
Berichte und knurrten sich gegenseitig an, weil es
Montagmorgen war und ein grauer Novembertag dazu.
Wenigstens der letzte Novembertag in diesem Jahr.
Klagenfurt im November ist so reizvoll wie ein Rendezvous
mit einem nässenden Hautausschlag.
Sein Schwiegervater absolvierte längst den täglichen
Vormittagsspaziergang. Falk stand auf und ging ins Bad.
Dann blätterte er in einem Kochbuch und schrieb eine
Einkaufsliste. Seit dem Telefonat mit Ainetter befand er sich
in einer Art Schwebezustand, irgendwie losgelöst von den
Dingen und der Zeit, in ruhiger Spannung oder angespannter
Ruhe, flüssig und fest, kalt und warm. Zum ersten Mal seit
Jahren wollte er wieder selbst kochen, Verstand, Hände und
Sinne für etwas einsetzen, das gut schmeckte und den Körper
sättigte, nicht mehr, nicht weniger.
Er fuhr zu einem Supermarkt, belud den Einkaufswagen und
schob ihn auf den Parkplatz in Richtung seines Wagens. Sein
Handy läutete.
„Fahren Sie nach Hause. Ziehen Sie Jeans an, Sportschuhe,
einen Pullover, kein Sakko. Stecken Sie nichts in Ihre

165

Taschen. Kein Handy. Nicht einmal eine Münze. Ich halte Sie frei."

In diesem Moment war der Schwebezustand beendet, Falk fühlte sich ruhig und klar.

„Nicht einmal Zigaretten?"

„Nichts. Gehen Sie von Ihrem Haus in Richtung Sternwarte. Sie haben 20 Minuten."

„Das schaffe ich nicht."

„Beeilen Sie sich."

Der Einkaufswagen blieb voll beladen auf dem Parkplatz zurück.

Falk benötigte exakt 19 Minuten, um vorschriftsmäßig gekleidet auf die Straße zu treten. Der Wind blies ungemütlich kühl. Er fragte sich, wie Ainetter es fertig gebracht hatte, ihn zu beobachten, ohne dass ihm das Geringste aufgefallen war. Ohne Eile machte er sich zur Sternwarte auf. Nach einigen Dutzend Schritten sah er bereits Ainetters gelben Sportwagen heran rollen. Er setzte sich auf den Beifahrersitz, die Fahrt ging los. Der Berufserbe sagte kein Wort, also schwieg auch Falk. Sie fuhren über den Villacher Ring auf die Rosentaler Straße und verließen Klagenfurt Richtung Süden. Nach einigen Kilometern bog Ainetter rechts ab. Die Straßen wurden immer schmäler, schließlich hielten sie auf dem Parkplatz vor einem Wellness-Hotel. Sie stiegen aus dem Wagen, Falk sah sich um. Bei schönem Wetter musste die Aussicht fantastisch sein. Weit unter ihnen erstreckte sich das Drautal, dahinter stiegen, wie er wusste, die südlichen Kalkalpen schroff in den Himmel. Sehen konnte er sie nicht, Nebel und Wolken beschränkten die Sicht und tauchten die Landschaft in einförmiges Grau, aus dem ein leichter Nieselregen fiel.

„Gerade der richtige Tag für einen Ausflug in eine Wellness-Oase", bemerkte Ainetter.

„Ist die Oase überhaupt geöffnet?", fragte Falk skeptisch, denn auf dem großen Parkplatz stand nur noch ein weiteres Auto.

„Kommen Sie."

Ainetter ging voran, Falk folgte ihm. Ein abgelegener Ort, an diesem Montagvormittag geradezu einsam. Man sah dem Hotel an, dass es sich aus einem Landgasthof heraus entwickelt hatte, mit immer neuen und größeren Zubauten. In einiger Entfernung sah er zwei Höfe - oder erahnte sie vielmehr, dazwischen eingezäunte Weiden, kein Mensch weit und breit. Falk überlegte kurz, ob er die Unfall-Variante vielleicht allzu voreilig ausgeschlossen hatte.

Der Berufserbe betrat vor ihm den Empfangsraum, gewiss die ehemalige große Gaststube. Ein elegant gekleideter Mann kam lächelnd auf sie zu und schüttelte Ainetter die Hand.

„Wir haben dich erwartet, Anselm. Es ist alles vorbereitet."

„Darf ich dir Chefinspektor Falk vorstellen? Er ist heute mein Gast."

Obwohl Falk noch vor wenigen Tagen in den Zeitungen mehr als präsent gewesen war und sein Aufzug gar nicht in dieses Ambiente passte, änderte sich nichts im freundlich-neutralen Gesichtsausdruck des Hausherrn, denn um den handelte es sich bestimmt.

„Es ist mir eine große Freude, Herr Chefinspektor."

Sie gaben sich die Hand.

„Wenn Sie mir folgen wollen."

Er führte seine beiden Gäste – nach wie vor war sonst kein Mensch zu sehen – in einen leeren Speisesaal zu einem für zwei Personen gedeckten Tisch. In einem silbernen Korb lag Jourgebäck, daneben brannte eine Kerze. Eine Flasche Rotwein, Wasser und eine Batterie Gläser standen bereit. Der Hausherr öffnete die Flasche, Ainetter kostete, nickte, es wurde eingeschenkt.

„Ich lasse sofort auftragen", sagte der Wirt, verbeugte und entfernte sich.

„Um diese Jahreszeit hat der Betrieb gewöhnlich geschlossen, wie Sie ganz richtig vermutet haben. Doch für mich macht man gern eine Ausnahme."

Er hob sein Glas und trank Falk zu. Offenbar machte es ihm großes Vergnügen, den perfekten Gastgeber zu spielen. Der Wein schmeckte exzellent. Eine Kellnerin schob einen Servierwagen mit Vorspeisen heran, die ausgereicht hätten, eine ganze Familie zu verköstigen. Falk nahm ein Stück Gänseleberpastete und danach einen Teller mit hauchdünn geschnittenem Carpaccio, das er selbst würzte und mit Olivenöl beträufelte, ehe er Parmesan darüber rieb. Es folgten Wildentenbrust, Rehmedaillons und zum Abschluss eine opulente Käseplatte. Während des Essens plauderte Ainetter unentwegt über Gott und die Welt, den Weinkeller des Hotels, die Vorzüge von Bachsaiblingen und warum er unter keinen Umständen ein bestimmtes Modell einer bekannten deutschen Automarke fahren würde. Falk sagte fast nichts. Es war Ainetters Veranstaltung und er wartete darauf, wie sie weiter gehen würde. Nach dem Kaffee änderte sein Gastgeber abrupt den Ton.
„Wir werden unser Gespräch in der Dampfkammer fortsetzen. Aber zunächst lesen Sie dies."
Er zog ein Kuvert hervor, entnahm ihm ein Blatt Papier und reichte es Falk. 'Ehrenerklärung' stand als fette Überschrift in der ersten Zeile. Dann der Text.

Ich, Chefinspektor Rainer Falk, halte hiermit fest, dass ich zum heutigen Datum über keinerlei Hinweise oder Beweise verfüge, die Herrn Anselm Ainetter in einen Zusammenhang mit einer wie auch immer gearteten rechts- oder sittenwidrigen Handlung bringen könnten.

Hotel Draupanorama, 30.11.2009
Chefinspektor Rainer Falk

168

Darunter stand:

Wir bezeugen, dass der Unterzeichner seine Unterschrift freiwillig und im Vollbesitz seiner geistigen Kräfte geleistet hat.

„Und wenn Sie sich das mit dem Gespräch anders überlegen, nachdem ich unterschrieben habe?"
„Im Wellness-Bereich gibt es Schließfächer für die Wertsachen der Besucher. Sie können das Papier dort deponieren."
Falk, dem dies im Grunde alles gleichgültig war, spielte seine Rolle weiter.
„Sie könnten mir den Schlüssel abnehmen."
„Die Fächer haben einen Zahlencode, den Sie selbst bestimmen. Sie gehen also keinerlei Risiko ein."
„Haben Sie etwas zum Schreiben?"
Ainetter reichte Falk einen goldenen Füller. Gleichzeitig nahm er von einem Nebentisch ein silbernes Glöckchen und ließ es bimmeln. Sofort erschienen der Wirt und die Kellnerin. Auf eine Handbewegung Ainetters blieben sie in einiger Distanz stehen.
„Nun, Herr Chefinspektor. Sie sind weder betrunken noch sonst berauscht und Sie unterzeichnen dieses Schriftstück vollkommen freiwillig. Ist das richtig?"
Es war eine amüsante Inszenierung, doch der Berufserbe nahm sie sehr ernst.
„Ja", sagte Falk laut und deutlich wie im Zeugenstand vor Gericht.
„Bitte."
Er setzte seine Unterschrift an die vorgesehene Stelle. Ainetter nahm das Papier, bedeckte den oberen Teil des Textes mit dem Kuvert und ließ die Zeugen unterschreiben, die das ohne ein Zeichen von Verwunderung über die seltsame Szene taten. Was Falk durchaus verstand. Verwunderung ist in der gehobenen Gastronomie kein Kriterium. Da kamen ganz

andere Sachen vor. Ainetter steckte das Schreiben wieder ins Kuvert und gab es ihm.

„Gehen wir.“

Der Gang durchs leere, aber vollständig beleuchtete Hotel, mutete gespenstisch an. Sie passierten ein Hallenbad mit einem großen, runden Becken, mehrere Saunen, Massagekabinen, Lounges und Ruheräume. Ainetter kehrte ihm ostentativ den Rücken zu, als Falk das Kuvert im Schließfach verstaute und einen Code wählte. Im Vorraum der Dampfkammer entkleideten sie sich. Ainetter sah die beiden großen Pflaster auf Falks Brust.

„Entschuldigen Sie", sagte er, trat an ihn heran, riss sie mit einem Ruck herunter und warf sie in einen Abfallkorb.

„Wir wollen kein Risiko eingehen."

Falk hatte damit gerechnet. Sie betraten die dampfgeschwängerte Kammer. Ainetter spülte die Bänke mit einem Gummischlauch ab. Sie setzten sich.

„Was wollen Sie hören?"

„Die Dampfkammer bietet nicht nur Sicherheit, sie ist auch eine Anspielung, nicht wahr?"

Ainetter entblößte seine makellosen Zähne.

„Nennen wir es eine Geste."

„Eine Geste wofür?"

„Eine Geste des Gedenkens."

Der Berufserbe lächelte zu seinen Worten. Für einige Momente wurde Falk übel. Er dachte an die Sternenkammer, an Julia Weinstein und ihre Überreste in der Pathologie. Es forderte ihm einige Beherrschung ab, um nicht hier und jetzt auf dieses zynische Lächeln einzuschlagen, bis alles Verführerische daraus für immer verschwand. Doch würde er damit sein Ziel nicht erreichen.

„Die verhängten Fenster", murmelte er.

„Sie hatte nichts dagegen, wenn man ihr zusah", sagte Ainetter und ließ sich kühles Wasser über den Kopf laufen.

„Für andere ist es eine Frage der Diskretion."

Falk zwang sich zum Themenwechsel.

„Ihr Vater ist überraschend verstorben. Er hatte nur eine leichte Grippe."

„Und einen Hochzeitstermin mit einer Frau, die mich nicht leiden konnte. Stellen Sie sich das vor. Grippe wird übrigens generell unterschätzt, außerdem litt er unter einer leichten Herzschwäche."

„Insulin?"

Sein Gegenüber sah ihn sehr ernst an.

„Alles, worüber wir hier sprechen, ist rein theoretischer Natur. Das wissen Sie doch? Ich lasse meine Fantasie spielen, nichts weiter. Ich sage, wie es gewesen sein könnte, wenn all Ihre negativen und feindseligen Annahmen einen Funken Wahrheit enthielten."

Er kostete die Situation aus. Was mochte es für ihn bedeuten, über so lange Zeit genial geplant und gehandelt zu haben und sich dennoch niemandem anvertrauen zu dürfen, in Gesellschaft und Verwandtschaft stets nur als charmanter Plauderer und beruflicher Blindgänger angesehen zu werden? Und nun die Gelegenheit, sich – und sei es nur in Andeutungen – zu offenbaren. Noch dazu gegenüber einem Chefinspektor der Kriminalpolizei, dem die Hände gebunden waren und mit dessen Frau er geschlafen hatte!

„Papa wurde rasch eingeäschert. Ich bot der untröstlichen Zukünftigen einen Teil des Erbes an, was allgemein große Rührung hervorrief, da sie doch keinerlei Anspruch darauf erheben durfte. Natürlich lehnte sie ab."

„Die Gasexplosion in der Berghütte ..."

Falk musste nur noch Stichwörter liefern.

„Onkel Franz und Tante Magda waren berüchtigt für ihren Geiz. Glücklicherweise, muss ich als Erbe sagen. Eine Wartung der Gasanlage kam für sie nicht in Betracht. Der Onkel machte alles selbst. Niemand zeigte sich erstaunt, als das Unglück passierte. Wissen Sie, wie ich, der ich übrigens einen Schlüssel zur Hütte besaß, vorgegangen wäre? Ich hätte mir beispielsweise einen neutralen Wagen besorgt. Wenn man so viele Leute kennt ..., irgendwer ist immer verreist. Dann in

172

einer wirklich hässlichen, verregneten, stürmischen, stockdunklen Nacht auf die Alm – der verlassenste Ort, den man sich vorstellen kann. Kein Wanderer, kein Jäger, noch nicht einmal ein Murmeltier unterwegs. Eine winzige Drehung mit der Rohrzange ... Ich hätte gewusst, dass der Geruchssinn meines Onkels gleich Null war und er immer zuerst die Kerze anzündete ..."

Ganz unvermittelt begann Ainetter zu lachen, ein hässliches, gackerndes Lachen, das Falk trotz des Dampfes Gänsehaut verursachte.

„Die Radetzkystraße?"

„Was die Drogen aus einem Menschen machen, ist erschreckend", sinnierte Ainetter. „Eine Marionettenpuppe ist dagegen ein Muster an Selbständigkeit. In der Theorie wäre alles ganz einfach gewesen. Man musste dem Dummkopf nur zum richtigen Zeitpunkt Bares zustecken. Was dann folgte, war klar. Er dröhnte sich zu bis nahe an die Grenze zum Exitus, jegliche Erinnerung blieb dabei zuverlässig auf der Strecke."

„Und die Mutter?"

„Ich sage es ungern, aber ich habe sie nicht leiden können. Eine herrische, streitsüchtige Frau, die ununterbrochen nörgelte. Trotzdem habe ich sie brav besucht, da wäre es keine Kunst gewesen, einmal ein Fenster angelehnt zu lassen. Es muss ja nicht immer die Haustür sein. Hauptsache, der Köder für die Bullen – in diesem Fall mein geschätzter Cousin – liegt unübersehbar bereit. Unter uns, Chefinspektor: ihr seid ziemlich lahm. Bis ihr die Blutspuren in der Hose gefunden habt ... Aber Sie sind entschuldigt, Sie befanden sich ja im Ausland."

Wem hatte Falk von seiner damaligen Abwesenheit erzählt? Seinem Freund Clemens Graf, auch in der Besprechung wurde es wohl erwähnt.

„Kennen Sie sich mit Pilzen aus?"

„So halbwegs. Stellen Sie sich den Zufall vor: An dem Tag, als Tante Gertraud sich bei ihrem Rezept vertat, besuchte ich sie, um ein Buch auszuleihen. Vielleicht ließ sie mich in der Küche warten, während sie es suchte. Sie war wirklich sehr gefällig. Sie beginnen übrigens, mich zu langweilen."

„Als der Schwelbrand im Altenheim ausbrach, haben Sie den Abend angeblich als Moderator einer Charity-Veranstaltung verbracht. Das entdeckte eine Mitarbeiterin in einem Archiv. Ein echter Unfall?"

Ainetter goss Wasser über seinen prächtigen Oberkörper.

„Man ist doch verheiratet, Chefinspektor. Meine Frau würde alles für mich tun, wirklich alles. Nun ..., im Gegensatz zu der Ihren ist sie auch noch treu, außerordentlich treu. Beinahe schon zu treu. Sie haben ja selbst gehört, wie sie über sexuelle Abenteuer denkt."

Falk, dem der Schweiß in Strömen über den weit weniger prächtigen Körper rann, war innerlich kühl und beherrscht wie selten zuvor.

„Sie sind Ihrer Kristin nicht so treu. Weshalb riskieren Sie das eigentlich? Denn ein Risiko ist es bestimmt."

Ainetter hob verwundert die Augenbrauen, dann ließ er wieder sein gackerndes Lachen hören. Die nassen Haare, der verzogene Mund, die hochgezogenen Brauen – in diesem Moment war alle Schönheit dahin, Blendwerk. Auch seine Stimme hatte ihren Schmelz verloren.

„Weshalb ich der Kuh nicht treu bin? Sie haben sie doch gesehen, Sie Idiot!"

„Sie scheint Ihnen ganz und gar ergeben zu sein."

„Sie ist mir hörig. Sie macht, was ich will. Alles, was ich will."

„Hat sie am Abend der letzten Einladung bei Weinstein den Schal auf die Treppe gelegt?"

Ainetter hatte sich nach seinem Ausbruch wieder gefangen.

„Sie hätte es tun können, Chefinspektor. Vergessen Sie nicht, wir sprechen nur von Möglichkeiten."

„So wie es möglich gewesen wäre, Frau Weinstein, deren Geliebter Sie waren, unter einem Vorwand nach Annabichl zu locken und vor den Zug zu stoßen."

174

„Verliebte Frauen sind ein Kapitel für sich. Als ob sie es darauf anlegten, belogen zu werden und sich in Gefahr zu bringen. Gegen die Hormone hat der Verstand keine Chance." Wieder ließ er kühles Wasser über Kopf und Schultern rinnen. „Ich denke, ich habe meinen Part erfüllt. Nicht, dass ich irgendwas zugäbe, aber so oder so ähnlich hätte es sein können. Und Sie sind hilflos wie ein Neugeborenes. Worin besteht nun Ihr Beweis?"

„Aus einem DNA-Vergleich."

„Der mit dem Schreiben, das Sie mir jetzt übergeben werden, hinfällig ist."

„Ja."

Falk verzichtete darauf, zu erwähnen, dass er den Beweis längst vernichtet hatte.

Es bestand keine Notwendigkeit mehr, das Gespräch fortzusetzen. Sie verließen die Dampfkammer, duschten, kleideten sich an. Falk öffnete das Schließfach und reichte Ainetter das Kuvert. Der Wirt verabschiedete sie mit Handschlag und höflichen Verbeugungen. Es nieselte aus dem dichten Grau der Wolken.

48

Während der Rückfahrt riskierte Falk einen Blick auf seine innere Landschaft. Stummer See, umgeben von Sand und Geröll. Er döste vor sich hin, bis der Wagen vor seinem Haus hielt. Die Metamorphose des Berufserben vom Serienmörder zum braven Bürger gelang makellos.

„Leben Sie wohl, Chefinspektor. Und nichts für ungut."

Er lächelte und winkte ihm zu, als ob sie die besten Freunde wären.

Nichts für ungut!

Falk stieg ohne Antwort aus dem Wagen. Ainetter glitt sanft davon. Nach einem großen Glas Whiskey und einigen Zigaretten löste Falk den Gürtel seiner Jeans, den schwarzen Gürtel, den er seit Tagen zu jeder Hose getragen hatte, und öffnete die Schnalle mit einem Schraubenzieher. Er nahm den winzigen Empfänger heraus und schloss ihn an sein neues Notebook an. War die Reichweite des Mini-Senders ausreichend gewesen? Er hörte das gesamte Gespräch, das sie in der Dampfkammer geführt hatten, so detail- und klanggetreu, als ob Ainetter noch immer neben ihm säße. Von Beginn an war ihm klar gewesen, dass der Berufserbe sich niemals offen belasten würde – und von der ganzen Aufzeichnung interessierten Falk auch nur einige Sekunden. Deren Qualität war wichtig, wichtiger als alles andere. Er machte eine Audio-Datei mit einer dreimaligen Wiederholungsschleife daraus, die er in einem Player speicherte. Anschließend startete er ein Datenlöschprogramm. Dann schenkte er das Glas randvoll mit Whiskey und ging ins Bad. Er sperrte die Tür ab, machte den Oberkörper frei und stellte sich vor den Spiegel. Er richtete ein Vereisungsspray auf die größere der frisch vernarbten Wunden und trank den Schnaps in großen Schlucken. Sein Gesicht war mit einem Schweißfilm überzogen. Einzelne Tropfen sammelten sich, glitten über Stirn, Nase und Wangen, fielen zu Boden. Er lachte heiser, als er es sah. Mit bebenden Fingern drückte er die Schneide des Skalpells auf das helle, eben erst verheilte Gewebe und setzte zum Schnitt an. Blut quoll hervor. Er presste die Zähne so fest aufeinander, dass eine alte Krone brach, doch er schnitt weiter, bis ein harter Widerstand zu spüren war. Die Wunde klaffte, ein dunkler, fleischiger Spalt mit hellen Rändern, aus dem Blut floss. Nun stocherte er mit der Pinzette darin herum, viel zu fahrig, um den winzigen Sender richtig zu greifen. Der Anblick setzte ihm ebenso zu wie der Schmerz, der Spray half längst nicht mehr. Endlich fiel das kleine Metallteil heraus und landete mit einem hellen Klack im Waschbecken. Er atmete tief durch und ließ ein Desinfektionsmittel über die offene Wunde laufen. Dann nahm er ein spezielles Pflaster und zog, so gut es eben ging, die Wundränder damit zusammen. Es würde keine schöne Narbe werden. Falk beseitigte die Spuren der Operation, den Sender steckte er ein. Er trank noch ein Glas und ging in die Werkstatt, wo er Sender und Empfänger mit einem Maschinenschraubstock zerstörte. Die pulverisierten Reste sammelte er in einem Papiersäckchen.

Dann zog er seinen Mantel an und machte sich auf den Weg. Durch die hereinbrechende Nacht schlenderte er in Richtung Wörthersee. Seine Wunde pochte. Den Fingerhut voll Schrott aus dem Papiersäckchen warf er in einen Altmetall-Container. Nach etwas mehr als einer halben Stunde erreichte er den See, Ende November nach Einbruch der Dunkelheit ein ausgestorbener, menschenleerer Ort. Er ging bis ans Ende der langen Brücke, an der während der Sommersaison die Ausflugsschiffe anlegten. Dort setzte er sich auf einen Poller, in der einen Hand das B-Free-Handy, in der anderen den MP3-Player. Er wählte die Nummer von Kristin Ainetter. Als er ihre Stimme hörte, startete er den Player und hielt ihn ans Mikrofon. Leise hörte er seine eigene Stimme.

„Sie sind Ihrer Kristin nicht so treu. Weshalb riskieren Sie das eigentlich? Denn ein Risiko ist es bestimmt." Es folgte das hässliche Lachen Ainetters und dann die Sätze:

„Weshalb ich der Kuh nicht treu bin? Sie haben sie doch
gesehen, Sie Idiot!"
„Sie scheint Ihnen ganz und gar ergeben zu sein."
„Sie ist mir hörig. Sie macht, was ich will. Alles, was ich
will."
Wieder das unverkennbare Lachen. Und dann von vorne,
dreimal hintereinander. Er nahm rasch das Handy ans Ohr.
Hörte er ihr Keuchen? Ja, sie atmete laut und schwer, fast eine
Minute lang. Dann wurde die Verbindung unterbrochen.
Falk entfernte die SIM-Karte aus dem Handy und zermalmte
sie unter seinem Absatz. Was blieb, warf er ins dunkle Wasser
des Wörthersees. Er spazierte parallel zum Ufer durch das
Strandbad. Das Handy warf er in den Schilfgürtel zwischen
Bad und Bootshafen. Dann ging er die Lend entlang Richtung
Klagenfurt. Irgendwo auf dem Weg löschte und zertrat er
auch den MP3-Player und warf ihn in den Kanal. Ganz in der
Nähe der Stelle, wo vor zehn Jahren die Leiche von Hubert
Wagental, des Sohns von Hedwig Wagental, geborgen worden
war. Gegen sieben betrat er die Blockhütte. Sein
Schwiegervater, gewöhnt ans tägliche Schachspiel, erwartete
ihn bereits.

49

Am nächsten Vormittag fuhr Falk zum Händler und bestellte einen Cinquecento. Den Rest des Tages verbrachte er mit Lesen. Am Mittwoch saß er mit dem Schwiegervater beim selbst gekochten Chili con carne, als sein reguläres Handy läutete. Oberst Prettner meldete sich. Man merkte seiner Stimme die Erschütterung an.

„Lacher und Quendler befinden sich gerade im Hause Ainetter. Frau Ainetter selbst hat angerufen. Ainetter ist tot. Er war gefesselt. Sie sagen, sie hätten so ein Gemetzel nie zuvor gesehen. Die Frau hielt das Messer noch in der Hand. Sie sprach kein Wort und hat sich widerstandslos festnehmen lassen."

Falk schwieg. Prettner deutete es falsch und sagte: „Vielleicht war an Ihrer Theorie mehr dran, als ich dachte. Jedenfalls sollten Sie Ihren Urlaub sofort beenden und diese Schweinerei zu einem sauberen Ende bringen."

„Mit Fingerspitzengefühl?", fragte Falk.

„Meinetwegen mit dem Hochdruckreiniger!", schrie der Oberst. „Ich will es nur vom Tisch haben, und zwar schnell!"

So schnell ging es dann doch nicht, weil Frau Ainetter keinerlei Bereitschaft zur Kooperation zeigte. Sie gab zu, ihren Mann getötet zu haben – und dabei blieb es. Kein Wort zum Motiv, kein Wort zu den alten Fällen. Nicht gegenüber der Polizei, nicht gegenüber dem Psychiater und auch nicht vor Gericht. Ein Gutachten attestierte ihr eine schwere psychische Störung, nicht aber Schuldunfähigkeit. Man zeigte den Geschworenen Tatortfotos. Eine Frau musste sich übergeben, ein Mann – ausgerechnet der größte und schwerste – fiel in Ohnmacht. Kristin Ainetter wurde wegen des Mordes an ihrem Ehegatten zu lebenslanger Haft verurteilt. Monika, die von dem spektakulären Mord in der Zeitung gelesen hatte, ging einige Tage lang recht blass und schweigsam ihrer Arbeit nach.

Noch vor dem Prozess fragte sie ihren Mann, ob er nicht endlich genug habe von der barbarischen Höhle ihres Vaters. Er zog los und kaufte einen kleinen, schwarzen Spaniel, den er ihr als Einstandsgeschenk überreichte.

Und Falks Geheimnis? Einmal hielt er Innenschau. Ein fetter, schwarzer Käfer flog über einen unendlich tiefen See inmitten seiner Wüste. Ein Fisch sprang hoch in die Luft, schnappte sich den fetten Käfer und verschwand mit ihm im kühlen, grenzenlosen Dunkel. Der See rülpste leise.

Nichts für ungut.

ENDE

Weitere Bergmann-Krimis

Kärntner Mordsbullen 2-4
Der gelbe Gladiator – Chefinspektor Falks Fingerfall
Die Melodie der Walnuss – Chefinspektor Falks Hexenfall
Club der Harlekine – Chefinspektor Fuchs in Wien

Das Möbiusband – Chiara Fontana – Fantasy-Thriller
Dicke Liebe – Irrwitzige Kriminalstories
Tore des Bösen – Kärnten-Thriller

Privatdetektiv Jingle Bell 1-2:
Die Leiche ist halb durch – Krimiparodie
Das Massengrab hat Hunger – Krimiparodie

www.peter-bergmann.at

www.ingramcontent.com/pod-product-compliance
Lightning Source LLC
Chambersburg PA
CBHW072122170626
46813CB00004B/1661